三食昼寝付き生活を約束してください、公爵様
4

リーシャ・
リンドベルド
後妻や姉に虐げられた環境から抜け出すために公爵家との結婚話を受けた元伯爵令嬢。三食昼寝付きの堕落生活を条件にしたはずが、嫁ぎ先でも厄介事に巻き込まれるはめに……。
クロード・
リンドベルド
誰もが認めるイケメンの公爵家当主。堅物でクールな仕事人間で、結婚にも興味がなかったため、利害の一致したリーシャと契約という形で結婚する。
主な登場人物

ミシェル・ルー
アンドレット侯爵家に戸籍上の娘として育てられたが、現在はアンドレット家と縁を切り、リーシャの護衛として活躍。
ロザリモンド・ランブルレーテ
ランブルレーテ辺境伯の娘で、クロードのはとこに当たる。クロードの元婚約者候補の筆頭だった。
アンドレ・リンドベルド
リンドベルド公爵家前当主で、リーシャの義父。クロードとは対照に陽気で自由な性格。公爵家をめぐり、クロードとはなにやら確執があるようで——

Contents

三食昼寝付き生活を約束してください、公爵様 4

チカフジ ユキ

イラスト
眠介

これまでのあらすじ

伯爵家の娘リーシャは、虐しいたげられている実家から逃げるために、リンドベルド公爵家の現当主で堅物仕事人間のクロード公爵との間に持ち上がった結婚話に飛びついた。周囲からの結婚の打診に困っていたクロードは、私生活に口を出さない、仮面夫婦になってくれる令嬢を探しており、２人の形だけの結婚生活が始まった。

リーシャが結婚の条件として挙げたのは、「三食昼寝付きなおかつ最低限の生活」。しかし公爵家では2人の結婚を妬ねたむミリアム夫人とその娘・エリーゼと対決、クロードの元婚約者の皇妃に罠にはめられそうになったりと、気苦労の絶えないことの連続。それでもクロードをはじめとした周囲の人々の力を借りながら、少しずつ成長していくリーシャだった。

ベルディゴ伯爵家との問題がやっと解決し、クロードに日頃のお礼を考えていたリーシャ。クロードが懇意にしている宝飾店へと足を運び、お気に入りの品を購入。いつクロードに渡そうか考えていた矢先、邸宅にいるはずのクロードが見知らぬ女性を伴っている場面を目の当たりにする。不貞を疑うリーシャと言葉足らずのクロードは初めての夫婦喧嘩をしてしまう。しかし話し合いによりクロードの疑いは晴れ、２人の絆はさらに深まった。心配事もなくなり、やっと昼寝ができる生活になると思っていたリーシャに、なにやらまた一波乱が……。

8章　三食昼寝付き、血の契約にはご用心

「静かだわー」

わたしはのんびりと部屋のテラスでお茶を飲んでいた。

なんとも素晴らしいことだ。

いつもなら旦那様がひと時の安らぎを邪魔していたのだから。

それが昨日突然城に行くと言って本日朝食後に出かけていった。簡潔に事情を説明され、なるほどと納得。

なんでも、皇太子殿下が予定を早めて遊学から帰ってきたらしい。

外交も兼ねてのものだったので、予定を変更しても問題ないのか少し心配になったが、それ以上に重大な案件が舞い込んだとのことだ。

その案件というのが皇族とリンドベルド公爵家との間に起こった数カ月前の諍《いさか》い。

それ、もう終わったことじゃない？　と思ったのはわたしだけで、実はリンドベルド公爵家側は納得できていなかったようだ。

リンドベルド公爵家はこの国を守る剣であり盾である。

近年、戦争が起こっていないせいで、リンドベルド公爵家を怒らせればどうなるのかしっかり思い出させなくては、と旦那様は言っていた。

ことは国の根幹――いや、存続問題？　にも繋がると聞いたときには、まさか大げさなとか思ったけど、大げさでもなんでもなかった。

わたしは知らなかったけど、実はいろいろと旦那様は皇室に対し嫌がらせをしていたらしく、それが皇太子殿下の耳にも入ったと。

むしろ、わざと耳に入るようにしたのかもしれない。

その辺のことはわたしには分からないけど、とにかく皇太子殿下直々にお呼び出しをいただいたことによって、旦那様はしばらく邸宅にはいないのだ。

3日くらいとは言っていたけど、この3日の安寧《あんねい》は素晴らしい！　ああ、どうせなら十日くらいいなくてもいいのに！

と、思っていた時期もわたしにはありました……。

ことの起こりは、旦那様がお出かけになって半日後。

駆け込むようにやってきたのは、ラグナートと侍女3人組だった。

「リーシャ様！　すぐにお召《め》し替《か》えをお願いします！」

部屋の中にいたのは、わたしの他にミシェルとロザリモンド嬢。

揃って、お互いの顔を見た。

「何があったの？」

「だ、旦那様が……」

旦那様？

「え？　クロード様出かけてるんじゃなかった？」

「ですねぇ。わたくしもそのようにお伺いしていますわ」

ミシェルとロザリモンド嬢が口々に言う。そもそも、旦那様を出迎えるために着替えることはない。

わたしだけじゃなく、ミシェルとロザリモンド嬢も不思議そうにする。

すると、侍女たちの後ろからやってきたラグナートが穏やかに微笑む。

あ、これ何か嫌な予感！

「リーシャ様、今はとにかく急いでください。大旦那様がお見えになります」

ラグナートは慌てた様子もなく、わたしを促した。

しかし、わたしは一瞬何を言われたのか分からずぽかんとして、その隙にリルがミシェルに退室するように指示を出していた。

ミシェルは、すぐに理解したようできびきびと動き出し、ロザリモンド嬢はなるほどと頷く。

なんか2人とも適応能力早くない？

「――大旦那様？」

「さようでございます」

「えーと、大旦那様というと……」

「現公爵はクロード様ですから先代の公爵様であらせられる、クロード様のお父君……ということですわね。公爵位を退いた後、どこで何をしているのか存じ上げませんが、ご存命なことくらいは知っています」

ロザリモンド嬢が簡単に説明してくれた。

いや、そりゃあ死んでたら葬式くらいはするだろうし、国民にも知れ渡るだろうね。なにせ、大貴族の前当主様なんだから。

「つまり、クロード様のお父様――先代公爵のアンドレ様がお戻りになるということですか？」

「その通りでございます」

ラグナートは事実を客観的に伝えているだけかもしれないけど……。

おかしいでしょ！　だってその大旦那様はついこの間、旦那様に追い出されるように皇都を出てったじゃない!?

それはつい数日前の出来事だ。

大旦那様ことアンドレ様は、旦那様に知らせずに皇都にやってきていた。

何が目的だったのかは、正直よく分かっていない。旦那様はわたしの顔を見にきたと言っていたけど、それだって正解とは言えないかもしれない。

ただ一つ言えるのは――。

戻ってくるなら事前に連絡してよ！　どうして今なの？　旦那様がいないんですけど、わたし一人で対応しろと⁉　つい数日前に旦那様に追い払われたって分かってきてるのなら、絶対旦那様がいないって分かってるタイミングだよね⁉

「先ほど到着した使者のお方の話では、結婚祝いを持ってきた――ということらしいので」

胡散臭《うさんくさ》い。ものすごく。そして、絶対断れないやつ！

もしかしたら、実は息子が勝手に結婚したことに対してケチでもつけにきたんじゃなかろうかと勘繰ってしまう。

そもそも、親に挨拶もなしの嫁ってどう思われるんだろうか。一般的に。

歓迎できるような相手ならともかく、かなり微妙な家柄の人間だと……まず反対一直線。間違いない。

「ちなみに、今どちらに？」

「すでに皇都に入っていらっしゃるとのことです」

「……旦那様には？」

「知らせを出してはおりますが、戻ってくるかは……」

なんとも意味深な反応に、もしやと思ってわたしが尋ねる。

「……もしかして知っていた、とか？」

「どうでしょうか？　クロード様がご存じだったかどうかは、分かりかねます」

謀《はか》ったかのような、旦那様が数日留守にするこのタイミング。

これで疑うなという方が無理だ。

ただ、ラグナートもどうやら大旦那様――つまり旦那様のお父様が戻ってこられることは知らなかったようで、少しだけ安堵する。

それに、最近の旦那様ならばきっとこんなことはしない――はずだ。うん、きっとそうだ。

何気なく指にはめられた指輪を撫でた。

「わたくし少し思うのですが、クロード様が知っていたというよりも、クロード様の不在を狙ってアンドレ様がいらっしゃったのではないかと。アンドレ様はクロード様に会うことを避けていらっしゃいますので」

あ、そっちの可能性もあったのか。

むしろ、そっちの可能性が高いかもしれない。

この間の出来事が旦那様の言う通り、わたしの顔を見にきたものと仮定して、会う前に旦那様に見つかり追い払われたのならば、次にとる手段としては、旦那様がいないときを見計らうしかないと思う。

ただし、そこでなぜわたしに会いにくるのかは謎だけど。

いいや、普通に考えれば会いにくるのは当然の行為ではある。むしろ、会いに行かないわたしの方が礼儀に反している。

言い訳をするならば、そもそも旦那様のお父様がどこにいるのか知らなかった。でも、そんな言い訳は通用しない。

嫁いびりにでもきたのだろうか……。いやだ、考えたくない。

「第一印象は大事よね……」

人は見た目じゃないとは言うけど、それはお互いよく知ってるから言えること。

大概の人間は、その人の見た目から第一印象を決めるのだ。

「派手すぎず、地味すぎず……難しいわ」

「わたくしがお手伝いいたします。小父様《おじ》の好みは十分知っていますので」

おお、それは心強い。

というか、すっかり侍女業にハマっていませんか、ロザリモンド嬢。楽しそうですよ？

「それでは私は出迎えの準備に参りますので、ご準備できましたら玄関ホールまでお越しください」

ラグナートは踵を返し部屋を出て行く。

統括執事として出迎えの準備は大変だろう。彼はもともとリンドベルド公爵家の人間じゃないのだから、旦那様のお父様とは初対面。

手抜かりなく準備して統括執事としての価値を認めさせなければならない。

今の主が旦那様でも、アンドレ様は前当主。

気に入られたほうがいいのは当然だ。

「ところで、アンドレ様はどんな方？　わたし会ったことないから噂でしか知らないんだけど」

「普通です。一般的には優秀ですが、リンドベルド公爵家を率いるには平凡すぎた——というのが小父様の評価ですわ。加えて、女好きというのも一層駄目な要素ですが、人としては良い方だとは思います」

そう答えたのはロザリモンド嬢。

彼女は、この邸宅の中で最もアンドレ様のそば近くで相手を見てきた人だ。おそらく、その通りの人物なのだろう。

ロザリモンド嬢は親戚だしそこそこ親しくあってもおかしくないけど、嫁の立場としては楽観視できない。

「そうそう、女好きですからきっとリーシャ様のこともお気に召すと思いますよ。美人ですから」

ロザリモンド嬢の余計な一言で、なぜか一層憂鬱になった。

「やあ、はじめましてだね。アンドレ・リンドベルドだ。そっちの統括執事もはじめましてだね。ロックデルのことは残念だけど、ぜひ今後もクロードをよろしく頼むよ！」

初めて会う旦那様のお父様——アンドレ・リンドベルド様は、深紅の髪に旦那様より少し明るい赤い瞳を持つ、なんというか……陽気な人だった。

そして、やはり親子。

旦那様にそっくり、いや違うか。旦那様がお父様に似てるのか。

顔の造形は似てるのに、印象が全然違うのは、アンドレ様と旦那様で持っている空気が全く違うからだ。

「はじめまして、リーシャと申します」

第一印象は大事に。

挨拶もなく結婚した負い目のあるわたしは、しっかりと頭を下げて挨拶する。

すごく見られている、そう感じた。

「いやー、君がクロードの結婚相手か！　噂を信じちゃだめだなぁ」

「は、はぁ……」

手をグッと握りしめられ、そのまま身体を寄せられ、おもわずのけ反った。

なんとも距離感の近い人だ。

というか、旦那様と性格違いすぎない？

「そんなに緊張しないでね。私は別に息子の結婚を反対しにきたわけじゃないんだから。少しだけ、式に呼んでくれてもよかったんじゃないかなぁ？　とは思ったけど」

笑顔全開で言われると嫌味なのか本心なのか判断がつきにくい。

こっちの貼り付けたような笑みがはがれそうだ。

口元が引きつっていないことを祈ってます。

「その、申し訳ございません」

「謝らなくてもいいよ。どうせクロードの発案だろうし。私は心底息子に嫌われているからねぇ。

もし結婚式に参列でもしようものなら、きっと能面を貼りつかせて冷たい目であしらわれるのが落ちさ。この間も、酷い目にあったよ！」

あははっと笑うアンドレ様。

わたしはなんと言っていいのか分からず、困ったように笑うしかできない。

「あ、あの……、ところでお一人ですか？」

アンドレ様には、確か旦那様が付けた使用人が何人かいたはず。

わたしとも面識のあるメアリーの姿がないので、何かおかしいと疑う。

「ああ、使用人はいないのかってことかな？　口うるさい使用人がきっと止めるだろうと思ってこっそり抜け出してきたよ」

「ぬ、抜け出して？」

「偶然知り合いが一緒の宿だったからね、手伝ってもらったのさ」

どこからどう突っ込めば⁉

これは旦那様が苦労しそうだと、さすがに理解した。

少なくとも、悪い人ではない――。そう、悪い人ではなさそうなのに、周りが振り回されて苦労するやつだ。

取り繕うようになんとか頑張っているけど、顔が強張りそうだった。そんなわたしの顔をじつくりと無遠慮にアンドレ様が見てくる。

「でも本当に美人だね。君は御母上似だ。よかったね、御父上に似なくて」

にこりと笑うアンドレ様の言葉は、まるで両親を知っているかのようだ。

我が家は伯爵家ではあるけど、母が存命のときはそこまで社交界で名が挙がるほどの家ではなかった。

亡くなったあとは、いろんな意味で社交界で話題になる家になってしまったが。

「両親をご存じなんですか？」

「知っているとも。なにせ君の母君はかなりの美人だったからね。当時はなんで2人が結婚したのかすごく不思議だったよ。本当に美女と野獣とでも言うのかなぁ？　私がもう少し若ければ、私が君のお父様になっていたかもね！」

いや、その場合わたしは生まれていない気が……突っ込むのはそこじゃないか。

「あ、でももうお父様か。義理だけど。私は娘も欲しかったんだけど、妻が難産でね。一人息子が生まれたから、これ以上は無理しない方がいいかと思って諦めたんだよ。先に言っておくよ？　私は確かに女好きだけど、妻がいるうちは手を出していないからね！」

女好きだけど奥様が存命中は浮気はしていないと。その辺は分別あるようでなにより。

いや、自分で女好きとか言っちゃう方が問題かも？

いやいや、でもほらこの人今一応独身だし……。

いやいやいや、でもエリーゼとミリアム夫人の問題もあったし……。

いろいろ結婚当初の苦労を思い出しながら、目の前の人物をどう評価していいのか迷う。非常に。

「でも、クロードは本当に面食いだったんだね。そこは私に似たのかな？　皇女殿下も美人だけど、なんというか意地の悪さが顔つきにも出てて、ちょっと娘にしたくないなとは思ったんだよ……。でも、こんなに美人で可愛い子が娘になったんだから、よくやった！　って言いたいよ！」

「あ、ありがとうございます……」

勢いがミシェルと同類だ。むしろおしゃべりだった。

陽気なおしゃべりは好きだ。友人として付き合うのはいいけど、義理の父親として付き合うのは少しやりにくい。

「ところで、クロードはどう？」

「どうとは？」

「淡白そうな顔してるけど、結構激しかったりする？」

いや、これなんて答えたらいいんだろうね？

場が静まり返っていますよ……。

「ほら、特定の女性とかいなかったし、そもそも興味なさそうだったし。父親としてはちょっと心配だったんだよ。男として機能してるのかなってね。跡継ぎの問題もあるし」

普通、こういうデリケートな問題を聞くのは女性だ。特に嫁ぎ先のお義母様。

男性側が立ち入ったことを聞くことはない。

もしかして、母親がいないからその役割をと思って聞いてるのなら、むしろ聞かないでそっとしておいてほしい。

一体、わたしになんと答えてほしいのか。

「美人だし、身体つきだって悪くない。毎晩楽しんでいるのかなぁってさ」

え、これってイジメの一種かな？　完全に性的虐待《セクハラ》じゃないの？

跡継ぎ問題を心配している気持ちは本当だろうけど、女性に尋ねることじゃない。

「小父様、それは完全に問題発言です。クロード様に知れたら、お小遣いがなくなりますよ」

割って入ってくれたのは、このなかで唯一のご親族ロザリモンド嬢。

素敵！

「え、これくらいの嫁との会話、普通じゃない？」

「わたくしは、嫁ぎ先の舅《しゅうと》と閨《ねや》について語り合いたいとは思いません」

笑顔全開できっぱりと拒絶するロザリモンド嬢に、アンドレ様が感心したようにわたしの耳元で囁いた。

「すごいね、ロザリモンドを飼いならすなんて」

わたしは猛獣使いか何かでしょうか……。

どう返せばいいのか分からず、微妙な顔で苦笑いしていると、アンドレ様がようやく手を離した。

「自制心は大事だけど、怒りたいくらい嫌な発言には腹を立ててもいいんだよ？　リンドベルド公爵夫人はそれをやっても問題にならないんだから」

一瞬、旦那様と重なって見えた。

わたしを試していたのだ。どこまでの発言で怒りをみせるのか、どれほど自制心があるのか。

この家門、どうして何も言わずに人を試すんでしょうね？

公爵家は敵が多い。隙を見せないように笑顔で武装するのは当然だけど、限界まで我慢する必要はない、それがアンドレ様からの言葉だった。

なるほど……。我慢するだけのいい子じゃだめってことですか。

「ところで、ちょっと出かける準備してね」

「はい？」

「いやー、これからちょっと隣国のお祭りに一緒に行こうってお誘いさ！　バッシュール王国の羊毛祭はなかなか楽しいよ」

バッシュール王国の羊毛祭とは、皇女殿下の代わりに公務で訪れることになっていた国だけど、ヴァンクーリが現在なぜかこっちの国に——というよりも旦那様の領地にやってきているので中止になるのではないかと思われていた祭りだ。

実は、この国ではヴァンクーリの毛が最も有名だけど、元は羊毛で産業が成り立っている、羊毛の生産国とも言えた。そのため、２年に一度のヴァンクーリの毛刈り時期に合わせて羊毛祭というものが開催される。

実は先日、結局開催されることになったと聞かされ、なくなったと思った公務が復活したのでちょっとげんなりした。

「あの、夫の許可なく勝手なことはできないんですけど……」

「ああ、大丈夫大丈夫！　私のせいにしていいから。聞いたんだけど、公務で行くんでしょう？国賓として招かれて正式に入国したら、外で遊べないからね。一足先に行って、ちょっと観光しても罰は当たらないよ！」

罰が当たるとか当たらないとかそれ以前の問題なんですけど！

ちょっと！　誰かこの人止めて！

「突然のことで、準備が――」

「それはこちらでもう手配してるから問題ないよ。足りないものがあれば買えばいいし。お義父様が買ってあげよう！」

ええー？

何から何まで仕込み済みって……。

「あ、クロードは皇太子殿下のお相手があるからしばらく帰ってこれないと思うよ。お義父様とデートしようね？」

にこにこ笑うアンドレ様は、さぁ行こう！　とわたしの肩をがっしりと掴んで強引に身体を押し出した。


誰にも止められない、前公爵閣下――アンドレ様。

勢いに乗せられ――たわけではないけど、現在わたしとミシェル、それにロザリモンド嬢は馬車の中にいた。

わたしは、ミシェルをじっと見て、確信した。

「……ミシェルと同類よね？」

「え、僕あそこまで強引じゃありませんけど？」

ミシェルは心外そうに即座に否定してきた。

そうかな？　いや、絶対同類だと思う。

初めて会った義理の父親であるアンドレ様は、同じく初めて会ったはずの嫁にも慣れ慣れしく――いや、好意的？　だった。

この感じ、まさにミシェルの強引さを思い出す。

しかし、ミシェルは確かに強引だし楽しいこと大好きだけど、人様を拉致《らち》ることまでは多分やらない……。

やらないよね？


王都から隣国までは、馬車で３日ほどで国境を越える。

その前にリンドベルド公爵領を突っ切ることになるんだけど、どうやらそこで休憩はしないらしい。

アンドレ様は、とにかくすぐにでも国境を越えたいようだった。

なんでもぐずぐずしてたら旦那様が追いつくかもしれないと。

「来ますかねぇ、クロード様は」

「来ると思いますわよ、リーシャ様のことが大事なんですから」

現在馬車の中には、わたしを含めて護衛のミシェルとなぜかわたしの世話係に手を挙げたロザリモンド嬢が同乗中。

アンドレ様は、別の馬車に乗っている。

一応四人掛けだけど、そうなるとミシェル1人で中の要人3人を守らなくてはいけないので、ご遠慮いただいた。

アンドレ様は、護衛を含めた使用人を置いてきたと言っていたので公爵邸に常駐する騎士を何人か護衛に連れてきた。そのため、今アンドレ様は馬車に騎士と一緒に乗っている。

初対面であの陽気さ全開の相手は疲れるのだ。

しかも、粗相できない相手だし。つまらなそうにしているわけにもいかないしね。

「ところで、アンドレ様は一体何が目的だと思う？」

「さすがに何かあるかとは思いますわ」

「むしろ疑わない理由はないでしょう？」

全員の認識で絶対なにか裏がある——と一致した。

そもそも、旦那様が留守の間を狙ってきている時点で何かあると疑わない方がおかしい。

「ロザリモンド様はどうお考えですか？」

ミシェルが親族のロザリモンド嬢に問う。

この3人の中では、唯一ロザリモンド嬢だけがアンドレ様のことを知っているからこその質問だ。

有益な答えが返ってこなくても、参考にはなる。

「わたくし、アンドレ様とお会いすることがほとんどなかったので、あの方が何を考えているのはよく分かりません。あまりいい話は聞きませんが、そこまで悪い方だとも思えませんし」

「いい話を聞かないのに悪い方ではないという根拠は？」

「クロード様が当主就任するときに、多少苦労する程度で済んだからでしょうか？」

多少苦労する程度ね……。果たしてそれが事実かどうかはちょっと首を捻りたい。

わたしが嫁いできたときは書類に埋もれそうなほど忙しそうだったし、どう考えても結構な量の当主の仕事放棄してたとしか思えないんですけど？

まあ、その一端は統括執事だった人のせいでもあったんだけどね。

信用できないから全部自分で仕事を抱え込んでいて、そのせいで仕事がたくさんあった。

今は、ラグナートとかに仕事を振ってるし、家政に関しては多少わたしもやってるから負担はだいぶ減っているはず。

アンドレ様は、仕事をあまりしていないというのは聞いていたけど、勝手に結婚したのに、文句も言わず嫁であるわたしを歓迎？　してくれているようだったので、第一印象は悪くない。

結婚当初の問題のせいで、ちょっと思うところがありまくりですけどね。

「ちなみに、ロザリモンド様の言う苦労することになったというのはどういう意味でしょう?」

ミシェルがロザリモンド嬢の言葉に引っかかりを覚えて首を傾げた。

わたしも、ちょっと気になる話題だ。

「本拠地での話ですけど、世代交代は早い方がいいと思われていましたが、それに否定的な方々もいらっしゃいました。賛成派反対派――とでも言いましょうか? しかし、その反対派を押さえたのがアンドレ様だったんです。なんでも、当主は面倒だから息子に押しつけると堂々と宣言なさったとか。反対派が反対できないようにした――と思えば、悪い方ではないのかなと思いました」

その発言に、思わずわたしとミシェルは顔を見合わせた。

ミシェルはかなり微妙な顔をしてる。たぶん、わたしもだけど。

「……それ、反対派を抑え込んだって言うんですかね?」

「……さあ? でも、本人がやる気がなかったら、旦那様への世代交代を反対できないわ。だってやりたくないって言ってる人を説得できなかったんでしょうし」

それに、考えようによっては自分に領主としての力量がないって分かっていたとも言える。だから有能な息子に当主の座を早々に渡そうとしていたと。

自分の能力を正当に評価できるというのは、難しいことだ。

ロザリモンド嬢の言う通り、本当に悪い人ならわたしの父親のように領地から搾取したと思う。

「領主になるときに反対が少なかったというのは、旦那様もやりやすかったかもしれないわね」

リンドベルド公爵家は大規模な組織だ。

当然、旦那様に対して思うところがある人もいたはずだ。

そういう人たちからの反対を無視して強行することもできたが、後々の禍根《かこん》を産むことにもなる。

しかし、今回の場合はどうしようもない理由での当主交代だから、誰も旦那様の当主就任を邪魔できなかった。

邪魔されて、それに対抗するために派閥を形成して立ち向かう――その手間がない分、楽に当主になれた。

息子のために自分が悪者になっておいた、そう考えられなくもない。

「他にも、クロード様のやることには反対はしないですし、見守っていらっしゃるみたいですよ」

やっぱり、単純に自分がやりたくないから当主の座を旦那様に譲ったんじゃないかな？

今、すごく楽しそうに人生謳歌してそうだし。

そんな考えがちらりと浮かんだけど、そう思ったのはわたしだけじゃなかった。

ミシェルも同じことを思っていそうだ。

旦那様はアンドレ様のことを好いていないけど、基本的に真面目な旦那様にとって見たら、アンドレ様はあまりにも性格が違いすぎて苦手なだけなのかも……。

ちょっとそんな風に感じた。

「ごほん……、それでは、クロード様の御父上が悪い方ではないということも含めて、みんなでアンドレ様の目的を話し合いましょうか！」

ミシェルが気を取り直して、当初の疑問に戻した。

初めの質問を忘れかけてたよ、ミシェル。

わたしはこっそり心の中で呟いた。

「目的……まさか本当に観光したかっただけって言わないよね？」

「さすがに国境越えてまでそれはないでしょう。もしそれだけだったら、逆に驚きますよ」

「アンドレ様は、交友関係は広いですから、ありえなくもないですが……」

へー、交友関係広いんだ……。

まあ、遊びまわっているらしいし、知り合いとか友人とかは多そう。少なくとも、旦那様よりは。

正直、知り合いという面では旦那様だって、たくさんいるだろうけど、果たして友人レベルってどれくらいいるんだろうと聞きたいところだ。

「まあ、義理の娘とクロード様抜きで親交を深めたいって思ったら、国から出ないと無理でしょうし……」

「そうだよね。わたし、基本的に皇都邸から出ないし」

もし外によく出かけるのなら、偶然を装って近づくこともできるけど、わたしは基本引きこもり。

だって知り合い少ないし、噂の的になりたくない。

ただ、最近はミシェル経由の知り合い増えたし、お茶会の誘いは受けてもいいかなぁなんて思ってる。

結婚当初からずいぶんと心境が変化して、わたし自身少し驚いていた。

「僕、思うんですけど……この件、皇太子殿下も関わっていますよね？　おそらく」

「タイミング的に疑わない方がおかしいわね」

「知り合いというのは、もしかしたら皇太子殿下なのでは？」

そうだよね、そう思うよね……。わたしもそう思う。

「アンドレ様とはどんな関係なんでしょう？　確かに、アンドレ様は皇太子殿下のことを子供の頃から知っておりますが、アンドレ様の頼みを聞くのでしょうか？」

ロザリモンド嬢が、少しだけ考えるように首を傾げる。

確かに……。

「言われると、ちょっと疑問ですね。皇太子殿下とクロード様は親しい仲らしいので、クロード様が毛嫌いしているアンドレ様に手を貸すのかと問われるとちょっと考えづらいですね。僕なら絶対上手いこと理由つけて断りますよ。もし手を貸したって知られたら、そのあとが恐ろしいですから」

「そもそも、そんな偶然あるのかって疑う所からはじめないといけなくなるわね」

アンドレ様は遊び人で好き勝手に遊び歩いているという。今日の感じでは国内だけではなく、国外にも身軽に出歩いているようだ。

そんな人が、偶然遊学を早めて帰国した皇太子殿下と、偶然出会って、協力してもらうっていうのは、なかなか偶然続きだ。

「疑い出すと、キリがないですわね」

結局――。

旦那様の御父上に関して、３人いればどんな突飛な案でも、何か出てくるかと思ったが、実際はとくにこれといった収穫はなかった。

国境では検問が敷かれていたが、アンドレ様がいたおかげかあっさりと通過。

むしろ、はじめから話が通っていたような手際のよさだ。

「わたし、国を出たことがないからちょっと新鮮かも」

「僕はありますよー。この国も通りましたし、他にもいろいろと」

「そうなんだ？　聞いたことなかったわ」

「今のところ、話題にもなりませんでしたからね」

別に隠していたわけではないけど、たまたま機会がなかっただけ、そういうことらしい。

確かに、故意に隠していた感じではなかった。

「それなら、ミシェルにも頼れるのね。よろしく」

「まあがんばりますよ。クロード様が来るまでは」

そうそう、ぜひ頑張っていただきたい。

わたし一人ではロザリモンド嬢の相手もアンドレ様の相手も疲れそうなので。

馬車は軽快な音を立て順調に進んで行く。国境を越えすぐの町で、一度休憩で降りたが、なんというか田舎町、という感じだ。

旦那様の領地と陸続きになっているから栄えているのかと思えば、そうでもないらしい。

「意外と地味ですわよね。でも、都市部は華やかですわよ」

「ロザリモンド嬢、ちょっとお静かに」

道行く人に聞かれていますので。ちょっと気まずいんですよ。事実かもしれませんけど、今のは完全に悪口ですし……。

「でも、今回のお祭りって国をあげてのお祭りよね？」

「そうですわ。ですが、結局は王都とその近郊だけが、お祭り仕様になる感じです」

「さすがに建国祭レベルにならないと、国全域でのお祝いはしないよ」

後ろから突然アンドレ様が会話に入ってきた。

ニコニコと微笑んでいる姿は、顔が旦那様に似ている分すごく慣れない。

旦那様の笑みは、絶対何か考えているだろう腹黒い笑みなのに対し、アンドレ様は害のないような笑み。

しかし、これに騙されてはいけないと本能が囁く。

「何かご用ですか？」

ミシェルがさり気なく、わたしとアンドレ様の間に入るように立った。

「ああ、ちょっとこの後の予定を伝えにね。この後少し進んだら、知り合いの貴族がいるから、今日はそこで休ませてもらうことになってる」

さすがリンドベルド公爵家前当主というべきか、それとも先ほどの考え通り、国内外で友人が多いのか。

「そうなんですか……あの、一応聞いておきますが、晩餐は共にされる感じですか？」

貴族の家と聞いて、もしやと尋ねる。

普通は、客を歓待するために夜に食事を共にすることが多い。

できれば、各自がいいんだけど。しかし、それは叶わぬ夢だった。

「当然！　実は私に娘ができたって自慢しちゃって、見たいって言われちゃったんだよね！」

言われちゃったんだよね！　じゃない!!　ちょっと、待って！　わたしドレス持ってきてないんだけど！

今着ているのは、当然晩餐に参加できるようなドレスではない。

そもそも、アンドレ様は先に行ってちょっと観光しよう！　みたいな軽いノリだった。

つまり、祭り見物の一般観光客的な感じで過ごすのだと思っていた。

そりゃあ、こちとら貴族ですけど!?　だから他の貴族の邸宅にお世話になるのは普通に考えればありですけど！

だけど、着替えもない状態で、貴族の邸宅を訪れるとか、どんな非常識だ。

内心慌てていると、アンドレ様がそれを見透かしてかにっこり笑った。

「あ、大丈夫だよ！　その邸宅にドレスあるからね」

ここで、良かったと落ち着くべきか、それとも用意周到ですねと皮肉るべきかちょっと悩んだ。それとも、わたしのサイズいつ知ったんですか？　と尋ねるべきか。

いや、それを聞いて、はきはき答えられたら、それはそれで嫌だけど。

「あ、もちろんロザリモンドのドレスも準備してもらっているよ」

「それはありがとうございます」

ずいぶんと気が回りますね。

そもそも、ロザリモンド嬢がついてきたのは結構予想外だと思っていたのに、どうやらアンドレ様は皇都邸の内情をよくご存じのようだ。

わたしが行くなら、ロザリモンド嬢もついてくると。

大体、なぜロザリモンド嬢がリンドベルド公爵家の皇都邸にいると知っていたのだろうか。

内通者でもいるのだろうか……。

それとも、一応旦那様が知らせたのかも。

親戚が何をやろうとしていたのかを。注意勧告のつもりで……いや、ないか。

わたしは即座に否定した。

絶対弱みは見せないだろうなと。

仕方がなかった面もあるけど、アンドレ様には知られたくないだろうね。

「ところで、そっちの彼の分は準備してもらってないけど、ドレス着る？」

アンドレ様がニコニコと笑って、ミシェルを上から下まで見て聞いた。

ミシェルはおぉっと、ちょっと感動したように頷く。

「ぜひ、お願いします！」

ちょっと、ミシェル！　遊びじゃないんだよ、君はね！


休憩を終え、再び馬車の中。

ミシェルをじろりと睨むと、相手は悪びれもせず肩をすくめた。

「だって、仕方ないじゃないですか。向こうが用意してくれるって言うなら、着ないと！」

「どこがどう仕方ないのよ。完全に楽しんでるでしょう」

「僕の趣味が女装だって、リーシャ様だって知ってるでしょう？」

はぁっと頭を抱えた。

どこの世界に、自分の護衛騎士の趣味が女装だとバラしたい主人がいるのか見てみたい。

別に、もうあきらめてますけどね!?

だけど、文句は言いたいんですよ。

「でも、アンドレ様はすごいですねぇ。僕を見て一目で女装が趣味だって見抜くなんて」

「というか、おふざけ半分で聞いたんじゃないの？　だって、ミシェルが食い気味に頷いたとき、ちょっと引いてたわよ。そして、わたしに何か言いたげな視線を向けてきたわよ」

見なかったことにしたけど。

「そうですか？　でも、準備してくれるって言ったんですから、ここはほら、護衛の立場としてはリーシャ様に貼り付いていないと」

あっそう？

ものは言いようだ。

多少そのことも考えていただろうけど、あのときのミシェルはわたしのことなんてすっかり忘れているようだったけどね。

「やだなぁ、そんな目で見ないでくださいよ。ねぇ、ロザリモンド様」

「ロザリモンド嬢に助けを求めないでよ」

そんな会話が繰り広げられているうちに、アンドレ様の知り合いのお貴族様の邸宅に到着した。

邸宅というよりも、別荘と言った方がいい。

小さな森の中にぽつんと立っているそこは、世俗から離れた生活をするのにもってこいだ。

普通の邸宅はもっと生活しやすいところに構えるもの。

例えば、街の中とか。

「なぜか胡散臭い気がするのはなぜだと思う？」

「あ、それ聞いちゃいけない奴ですよ。そういうこと言うと、面倒事に巻き込まれるんですから」

「あら、ここは……」

ロザリモンド嬢が何かに気付いたように呟いた。

「知ってるんですか？」

「いえ、はっきりと知っているわけではないですが、確か以前王族の別荘があったところだったと記憶しています。今はこの地の領主に売られていたはずです」

それを聞いた瞬間に、再び嫌な予感が近づいてきた。

「……ミシェル」

「え、僕のせいじゃないですよ。先に胡散臭い気がするっていい言ったのはリーシャ様です」

主従で面倒事の匂いを感じ取り、どちらのせいか押し付け合う。

なんでだろう。

ここ最近、運が悪いと言うか、結婚してから余計な気苦労が増えたというか……。

あ、うん！　絶対旦那様のせいだ。そうだ、そう言うことにしよう！　なにせ、ほとんど旦那様に帰属する出来事ばかりだしね。

この間の実家の件は違うけど。

「リーシャ様、今全部クロード様のせいにしませんでした？」

してないよ。失礼な。

「ああ、こっちだよ」

馬車を下りると、アンドレ様が声をかけてきた。

邸宅の玄関扉の前には、旦那様ほどの若い貴族男性と執事服を着た壮年の男性が立っていた。

貴族男性は、銀髪にわたしと似たような色合いの碧眼で、旦那様より少し背が低い。

装いは軽やかで、気軽に友達を迎えるような出《い》で立ちだ。

若い貴族男性は、アンドレ様と親し気に挨拶を交わしている。なぜかその姿に少しだけ違和感があった。

アンドレ様だったらもっと馴れ馴れしく肩をたたくくらいはしそうなのに、握手を交わしただけにとどまった。

「ちょっと、こっちに」

アンドレ様に手招きされて、わたしは若い貴族男性を紹介された。

「ローデシー侯爵、こちらは私の息子のお嫁さんで義理の娘のリーシャだ。リーシャ、こちらはクリス・ローデシー侯爵だよ。この国に来たときは、いつも彼の家にお世話になってるんだ」

遊び友達ってことかな？　どんな遊び友達かは聞かないけど。

わたしは、作法に則って頭を下げた。

「はじめまして、リーシャ・リンドベルドと申します」

どちらが上か、それはアンドレ様の紹介の仕方で分かった。

少なくともアンドレ様の中では、ローデシー侯爵の方がわたしよりも上の立場だ。

義理の娘だから下にしたとも考えられなくはないが、一応わたしの方から挨拶をする。頭を下げると、その後頭部にものすごい視線を感じた。見られている。しかもただ見ているだけでなく、なんか値踏みされているような感じにも思えた。

「顔上げて」

その言い方に、命令し慣れている様子が窺える。

侯爵だから部下や家臣もたくさんいるだろうけど、一応隣国の公爵夫人であるわたしに対しての言い方ではない。

普通は、顔上げてください、とか言葉に気を付ける。

ただ、ここで指摘しても仕方がないので、何事もなかったように顔を上げた。

やはり値踏みされている。全身上から下まで。

「美人だね、クロードがうらやましい限りだ」

「だん――いえ、クロード様とはお知り合いなんですか？」

「クロードと？　まあ、知り合いと言えば知り合いだな。年も近いし」

煮え切らない答えに、ますます違和感というか、嫌な予感。

「これほどの美人なら、私が結婚したかったなぁ」

「ご冗談を……」

一応褒められていると信じて、ほほほっと口に手を当てて笑う。

「そうでしょう？　クロードは面食いなんだ」

本当のところ、旦那様は面食いではない。

なにせ、初めて会ったときのわたしは散々な姿だったのだから。

ただ、皇女殿下との結婚を避けるために選ばれたにすぎない。

今は、まあ……少しは夫婦らしく過ごしてる――と思わなくもないか……？　ほら、名前で呼び合うようにもなったしね！

「クリスだ、よろしく。リンドベルド公爵夫人。気軽にリーシャと呼んでも？」

「公式の場でなければ、ご随意に」

「私のこともクリスでいいよ」

「いえ、ローデシー侯爵様と呼ばせていただきます」

微笑みで拒否し、家門の名で呼ぶことにした。堅苦しい呼び方だが、公的にはこれが正しい。アンドレ様のご友人で旦那様の知り合いだとしても、わたしの友人ではないので。

ローデシー侯爵様は肩をすくめ、残念と呟く。

そして、全員邸宅の中に案内されて、それぞれの部屋の中に入った。

すでに夕暮れ時で晩餐までそう時間はない。これはゆっくり休んでいられないなとため息をつき、できればお湯ぐらいは使って身体を清めたい、そんなことを考えながら、わたしは着替えのために侍女を呼ぶ。

鐘を鳴らすとすぐに扉が叩かれた。こちらが入室の許可を出すと、侍女が2人中に入ってきた。

「失礼いたします、リンドベルド公爵夫人。旦那様より夫人のお世話を命じられました、ガブリエラと申します。こちらはナスターシャ。短い間ですが、よろしくお願いいたします」

「こちらこそ、よろしくお願いします。見ての通り、晩餐に出席できるような恰好ではないの。アンドレ様が準備してくださるとおっしゃっていたのだけど……」

「伺っております。アンドレ様より一式お預かりしておりますが、着替える前にお湯をお使いになられますか？」

「できればね。一日中馬車の中だったから。でも、時間はあまりないでしょう？」

「問題ございません。旦那様より、晩餐の時間はお客様方の準備ができ次第と申し付けられております。女性の支度に時間がかかるのは世の常でございますし、アンドレ様は汗を流すために侍従をお呼びして、お湯を準備させております」

わたしを安心させるためか、ガブリエラがアンドレ様の行動を教えてくれた。安心するどころか、気まずい思いしかない。

この邸宅の主人がこちらに配慮して晩餐の時間を遅くすると決めたとしても、少しでも急ぐのが礼儀だ。

汗をタオルで拭うくらいはするけど、しっかりお湯につかることはしない。しかし、アンドレ様はどうやらしっかりと完璧に準備をするらしい。

アンドレ様……。ここ、あなたの家ではないんですけど、自由にふるまいすぎではないでしょうか？

そんな思いが脳裏を巡った。

「今頃は、お連れ様も旅の疲れを癒しているかと思いますので、ご遠慮なさらないでください」

むしろ、客に遠慮されれば使用人としての立場が悪くなる。

使用人は客をもてなすのが仕事であって、客に配慮されるような仕事ぶりは、雇い主の顔に泥を塗る行為でもあるからだ。

ここまで言われたら、わたしもしっかりと時間をかけて準備することにした。

2人は手際よく準備してくれて、疲れた身体を軽くマッサージしてくれた。馬車の中で座っているだけとはいえ、むしろ座っているだけだからこそ、疲れるものもある。

運動不足を自覚して、帰ったらだらだら過ごすだけではなく、運動もきちんとしようと心に誓う。

お風呂から上がると、準備されているドレスに袖を通す。

華やかなドレスというよりかは、落ち着いた大人の女性が着るようなシックなドレスだった。

薄いブラウン色の光沢の生地がまるで花びらのように折り重なり、スカート部分に流れるように広がり、その花びらの下からのぞくのは白いチュール素材の生地。幾重にも重なってはいるけど、着心地は軽く悪くない。

ドレスには華美な刺繍などはないけど、首や耳に飾る装飾品が華やかだったので、むしろすっきりとしたデザインはちょうどいいくらいだ。実際着てみると、よく似合っていると自分でも思う。

これをアンドレ様が選んだのかと思うと、なんとも言えない気持ちになる。

「お綺麗ですよ。アンドレ様は、ご夫人のことをよく理解していらっしゃるんですね」

ニコリと微笑まれて、わたしは曖昧な笑みで返した。

よく理解するほどの時間はともに過ごしていないし、なんなら初めてあったのは数日前なんだよね……。

しかも、ドレスはおそらく皇都邸を訪れる前にすでに準備していたに違いなかった。

どこかで見られていたとしか考えられないけど、気にしても仕方がない。

「皆様のご準備もできている頃かと思いますので、食堂にご案内しますわ」

「お願い」

ガブリエラの先導で部屋を出る。

ふと、そういえばミシェルはどうやって着替えるんだろうと、どうでもいいことが気になった。

一番の上座には、この家の主であるローデシー侯爵が座り、その右手にはアンドレ様。

わたしはローデシー侯爵の左手に座り、その隣はミシェルだった。

ロザリモンド嬢はアンドレ様の隣に座っている。

ミシェルはネイビーのハイネックドレスを着ている。スカートの裾が風船のようになっており、大人っぽい色でありながら、可愛らしいデザインだった。

というか、やっぱりどうやって着替えたのか気になる。なにせ、背中の紐でサイズを調整する作りになっているからだ。知りたいような知りたくないような……。

ロザリモンド嬢は、淡いピンクや黄色などの色とりどりの色で染められた花柄の生地のドレスだった。生地自体はわたしと同じような薄い茶色のようで、花々の染色は若々しい色というよりも、少し暗めの染色だ。しかし、それがロザリモンド嬢によく似合っていた。

「では、再会と新たな出会いに」

グラスを掲げて全員で、乾杯をすると晩餐が始まった。

主に、ローデシー侯爵とアンドレ様が楽しそうに話している。

「私は、本当に連れてくるとは思っていなかったよ」

「約束は守らないとね、クロードがうるさそうだからこっそり連れてきたんだから、感謝するように」

あ、拉致られてるのね、わたし。

と、どうでもいいことを考えた。

確かに旦那様に対してはこっそりだったかもしれないけど、それ以外の人たちの前では、堂々とわたしを連れ去っていたので旦那様に隠す気ないんじゃないかと思った。

きっと今頃旦那様の元に報告は届いているだろうし、一体どうするつもりなんだか。

「クロードが追いかけてきたら厄介だから、明日には首都に向かうけど、そちらはどうする？」

「私もせっかくだから一緒に行こうかな？　美人が3人もいるのに、独り占めはよくないな」

「みんな子供みたいなものだよ。1人は、男の子だけど」

さらりとネタバレするのやめてほしい。

相手は知ってるのかもしれないけど、知らなかった場合、女装趣味の変人を護衛にしてる変わった女扱いされるんで！

「へー、そういえば確かリーシャの護衛に、男の子いたよね？」

目ざとく見ていたようで、ミシェルの存在はあっという間に明らかに。

「君、完璧だね」

感心したようなローデシー侯爵のありがたくないお言葉に、ミシェルがそれはそれは綺麗にほほ笑んだ。

知らない人が見れば、くらっときそうな美女ぶり。

「ありがとうございます。わたくししか専任護衛がいませんので、女装ができた方が何かと便利なんです」

わたしのために女装してると言ってるけど、単なる趣味じゃないの！　どうしてわたしに責任押し付けるようなこと言うかな？

でも、確かにミシェルの言っていることも一理ある。というか、本当は専任護衛は増やさないといけない。

ミシェルにばかり負担がかかっているのは分かっているから。いろいろ忙しくて後回しになっていたけど、本格的に探さないと。

旦那様にも言われているし。

「似合ってるからいいと思うな。もし本当に女性なら、口説くことも考えてたかも」

むしろ、我が国ではミシェルを本気で口説いていた男性は相当いますよ、と教えてあげた方がこの場を盛り上げられるのか真剣に考えた。

言わなかったけど。

「もちろん、そちらの女性も素敵だよ。社交界ではきっと幾人も求婚者が列をなしているのが想像できるとも」

「わたくしはそれほどでもありませんわ」

それが事実か謙遜なのかは分からない。

ただし、ロザリモンド嬢は基本的に嘘は言わないので、本人的にはモテてないだろうと思う。

しかし、外から見れば十分モテている可能性はある。なにせ、彼女はミシェルとはまた違った美貌を持つ美女。

ミシェルが月なら、ロザリモンド嬢は太陽のような熱量がある。実際、興味があることへの熱量はすごいので、時々ついていけない。

「でも、わたくしもミシェルもリーシャ様の美貌の前ではかすみますよ」

「そんなことは……」

素で言われると、どう反応していいかわからない。

「私は3人が3人とも違った美を持っているから、優劣をつけにくいな」

にこにこと笑っているローデシー侯爵は、ふいにわたしに顔を向けた。

「そうそう、聞きたかったんだけど、リーシャはどうしてクロードと結婚したの？」

一瞬、気管に物がつまりそうだった。

いきなりの気構えのない質問に、言葉が出なかった。

2人の馴れ初めとか、聞くなら男側の旦那様にしてほしい。今、いないけど。

「ええ、と……」

ただ都合がよかっただけです――……なんて言えるわけない。

「なんでも、結婚特別許可証を発行してもらっての結婚だって？　そんなに急ぐようなことあったの？　私はそれを聞いたとき、一瞬妊娠を考えてしまったよ」

「それは、絶対に違います！」

「今は見れば分かるよ。それに、クロードがそんなことするはずないこともね」

ローデシー侯爵の探るような双眸《そうぼう》に、わたしは気が引き締まった。

ここで下手なことを言えば、まずい気がする――そんな意味のない直感が働いた。

「その……、実はクロード様がお忙しくて、なかなか時間もとれないようですので、わたくしの方から提案しました」

本当は旦那様の提案だけど。

「ふーん……、でも女性に取ったら結婚って一生の問題でしょう？　華やかにやりたいとか希望はなかったの？」

「わたくしは特に。ただ、お忙しいクロード様に無理させる方が嫌でした」

夫を立て、夫の身を案じる良妻賢母のようなことを言ってみる。

ついでに、儚く笑みを浮かべてみた。

隣でわたしを見てるミシェルの口元がすっごく笑いそうになっているけど、気にしない。今にも吹き出しそうに肩がちょっと震えているけど、知らない。

どれだけ嘘を並べても、ばれなければ問題ない。

「むしろ、クロードが言い出しそうだけどね」

そう言い出したのはアンドレ様だ。

さすが父親。

よく息子のことを理解しているようで。

「クロード様はわたくしのことを気にかけてくださっていましたが、わたくしも早く家を出たい事情がありまして」

「へー、そうなんだ」

ローデシー侯爵が目を細めた。何か疑っているような感じだ。

ただ、これは本当のこと。

実家と不仲というのは、よく知られているのだから、疑われても痛くもかゆくもない。

家を出るには結婚するしかなかったのだから、早い方がよかったというのは、わたしにも当てはまる。

「リーシャは苦労してたんだね、でも今はクロードがいるから幸せかな？」

アンドレ様はなんの疑いもなく、わたしに尋ねた。

幸せかどうか――、二者択一であるなら、間違いなく幸せだ。

のびのびと過ごしているし、旦那様との仲だって悪くない。

最近は、ちょっと旦那様とは微妙な関係だけど、それは自分のせいでもあると分かっているので、仕方なく受け入れている。

実は、旦那様と少し距離を置けたのは、ほっとしていた。

「クロード様にはよくしていただいております」

「その指輪は、その表れかな？」

ローデシー侯爵がわたしの指に嵌《は》めている指輪を示して言った。

細いリングに青と赤の石。一見地味にも見えるが、かなり質の良いもので、見る人が見れば分かる品。

先日、喧嘩をしたのちに仲直りのときにもらったもので、普段使いにいいと思って、最近はいつもつけている。

喧嘩の内容を思い出すと、些細なすれ違いでしかなかったけど、お互いのことをあまりにも知らなすぎた結果でもあった。

もう少し相手に関心を持って話をしていれば喧嘩は起きなかったと思うと、少しだけ落ち込みそうになる。

わたしは指に嵌めている指輪をそっとなぞった。

「先日いただきました」

そう返すと、アンドレ様ではなくローデシー侯爵の方が不満そうだった。

「クロードと不仲なら、私が助けてあげようか？」

「あの、不仲ではないんですが……？」

「顔が、そうは言ってなかったけど？　離れられてほっとしてます、って顔してたかな」

少し自己嫌悪に陥っていたけど、どうやら違うように取られたようだ。

もしかしたらカマをかけられている可能性もある。

「そうですね……、クロード様は顔がすごく整っているので、時々疲れるんです。美人は三日で飽きるとは言いますが、美形は三日経っても飽きないので、見るたびに胸が高鳴って苦しいんです」

そう告白したとたん、全員の顔がぽかーんとなっていた。

ローデシー侯爵やアンドレ様だけでなく、ロザリモンド嬢やミシェルまでも。

ちょっと、全員何かおかしなものでも食べた？　って顔するのやめてくれませんか？

聞かれたから答えたのに、わたしがおかしいみたいな反応しないでほしい。

「なるほど、リーシャはクロードの顔見ると、胸が高鳴るのか」

にこにこと微笑ましい顔をするのは、アンドレ様。

「新婚っていいねぇ、クロードがこれを聞いていたらどんな顔をするのか気になるよ」

「そうですわね。ここまで堂々と惚気ると、わたくしも恥ずかしくなりますわ」

え？　惚気？　今の惚気になるの⁉

むしろ旦那様の顔を見ると胸が高鳴るって、むしろそれ以外いいところないって風にも聞こえない？　そういうつもりで言ったんだけど⁉

まあ、別に顔だけじゃないって、今はだいぶ認めてるけど、それを素直に口に出すのはまだ憚られる。

それこそ惚気だし。

自分でもよくわかってると思う。

「顔と財力、それ以外でいいところは？」

ローデシー侯爵が目を細めて、聞いてきた。

誰が見ても分かるいい、い、い、いいところではなく、聞きたいのはおそらく人の目に見えないところ。

性格的なところだと思う。

一応恋愛結婚をした——的な感じで装ってるけど、実際は違うことをなんとなく見抜かれていそうだ。

下手な言い訳はきっと通用しないんだろうなとも感じた。

アンドレ様も気になるようで、わたしの方に顔を向けている。というか、全員わたしの方を見ているので、仕方なく口を開いた。

「……優しい、ところでしょうか？」

優しくないところばっかり見せられていると、ふとしたときの優しさが心に響く。

最近は、特に。

「わあ！　まさかクロードが優しいなんて口にする人が現れるとは、思ってもみなかった」

「いやー、私も同意見だね。まさか、クロードを優しいと……」

いや、というか無難なところに触れたのに、どうしてそこまで驚くのか。

この2人は旦那様のことを、きっとわたし以上に熟知しているに違いない。

ローデシー侯爵が、目を伏せてワイングラスを手に取り、注いである真っ赤なワインをクルクル回し、面白そうに笑った。

「夫婦仲が良好なのはいいことだけどね、独り身としてはクロードに少し嫉妬するかも」

へー、独り身か。モテそうなのに。

「これでも結構女性から声はかけられるんだけど、なかなかしっくりくる女性がいなくてね」

独身至上主義者なのかとも思ったが、どうやらそうではないらしい。

「できれば、自分に最大に利益になりたい人との結婚を考えていたが……、その人はすでに既婚者なんだよ」

「それは……」

残念と言うのもおかしい気がした。

完全政略結婚を狙っている、と言っている御仁《ごじん》に、結婚できなくて残念でしたね、なんて言えば馬鹿にしているようにも聞こえる。

「でも、少し頑張ってみようかと思い始めてる」

「頑張る……ですか？」

「その女性は、どうやら御夫君とは仲が良くないらしいんだ。もし離婚——なんてことになったら、アプローチしてみるのもいいかなって」

いや、それはどうなんだろうか。

そもそも、離婚は男性よりも女性側に傷となって残る。

最大の利益になりたい人と結婚したいと言っているのに、むしろその『離婚』の傷が足を引っ張りそうだけど。

「積極的だね。でも、離婚するまでは手を出さない方が身のためだよ？　離婚しないで、仲が改善することもあるからね」

旦那様そっくりな深紅の瞳が緩やかに変化し、諭すようにローデシー侯爵に言う。むしろ、余計なことをするなと警告しているようにも感じた。

「分かっているさ。余計なことはしない。でも、もしもの時、その女性にとって頼るべき存在になりえるための努力くらいはしてもいいと思わないか？」

それって、誘惑するってことでしょうか？

弱っているところに優しい言葉をかけられたら、ぐらりとくる女性はどれほどいるだろうか。それが見た目も地位もあるような男性から言われたら。

「リーシャはどう思う？」

突然ふられた話題に、一瞬言葉に詰まる。

「ええと……」

一応新婚のわたしに答えづらい質問を投げないでほしい。

いいのではないでしょうか、と肯定気味の反応は浮気を推奨しているみたいだし。でも、はっきりと否定するのも違う気がする。

ただし、ここで大事なのはローデシー侯爵が相手を好きではないということ。あくまでも利益があるから結婚したいと思っているだけなのだ。

これってちょっと女性側に失礼じゃない？

結婚上手くいってないのに、弱っているところに付け込まれて、それで離婚後アプローチされて結婚したら、実は好きじゃないけど、自分の利益のために結婚したんだって知らされると、ショックじゃないかな。

だって、相手はきっとそれを知らないで結婚するんだろうし。それとも正直に言うのかな……。

いや、言わない気がする。

ローデシー侯爵なら、相手を騙すことくらいは簡単にやってのけそうな雰囲気はある。

でも、女性側もそんな性格を知っている可能性ってあるわけで……。

ちょっとよく分からなくなってきた。

とりあえず、自分に置き換えてみると、ご遠慮したい気はする。

もし旦那様と別れるときがあっても、こっちが有責じゃない限りはきちんと慰謝料払ってくれると言ってくれているし、生活に困ることはないと思う。

ここで一番困るのは、わたしの生まれ故郷の領地をどうするかだけど、そこは旦那様がなんとかしてくれるかもしれない。

とにかく、いろいろなことを考えるとそもそも結婚はしばらくいいかな？　となりそうだ。

「わたしは、結婚が上手くいかなかったらすぐに次の結婚への意欲はわかないと思いますが、人それぞれ事情は違いますし、難しいところですね」

他人の事を考えたところで答えは出ないので、とりあえず自分に置き換えて話してみた。

ローデシー侯爵は軽く頷いていた。

「なるほどね。まあ、私もいきなりは難しいと思ってるよ。少なくとも、まずは私の事を知ってもらわないといけないしね」

どうやら、相手の女性はローデシー侯爵のことをよく知らないようだ。

顔見知り程度でもないような言い方だった。

「でも、人妻の話はいろいろと参考になるね。ぜひ首都に向かうときにもいろいろ教えてほしい」

「それは、ダメ。リーシャは結婚しているんだから、独身男と同乗なんて許さないよ」

アンドレ様がすかさず割り込み、ホッとする。

「別に2人きりにさせろ、なんて言っていないだろう？　アンドレも一緒でいいよ」

「ダメ。もしクロードにばれたら、私が殺されるから。クロードは実の親だって関係なく容赦ない男だよ。知っているだろう？」

「犠牲になったら、花ぐらいはたむけよう」

「まだ死にたくないから、ダメだよ」

うんうん！　むしろわたしこそ絶対に嫌ですよ、知らない男と2人とか。アンドレ様、ありがとうございます！

ミシェルとロザリモンド嬢と一緒の方が気楽だし、なんなら眠くなったら寝られるし。

身分の高い人と同乗とか、わたしが気を使う立場じゃない。

肩凝りそうだわ……。

「とにかく、頼まれたから会わせただけなのに、余計なことはしないでほしいね」

「すでにクロードは怒り狂っていそうだが、一つ二つ罪状が増えたところで変わらないだろう？」

「変わるから、ダメ」

アンドレ様は、ひたすらローデシ侯爵へ却下を突き付けて、結局なんとか馬車に同乗だけは免れた。

よかった、本当に。


その晩、寝る支度を終えてベッドに入る直前に、狙ったかのようにミシェルがひょこりと顔を出した。

ゆったりとした部屋着に着替えているわたしと同じように、ミシェルもドレスを脱ぎ、化粧を落として動きやすそうな簡素恰好だった。

「てっきり女装のままかと思った」

「ドレスを着たままだと寝るのにはちょっと苦しいんですよ」

嫌味のつもりだったけど、ミシェルは軽くかわす。

わたしもそれ以上嫌味を続ける気はなかったので、ミシェルに座るように勧めた。

「リーシャ様、お疲れさまでした」

ニコリと笑みを浮かべながら、気の毒そうにミシェルが労ってくれた。全くもってその通りだ。

「本当にね。この疲れはいつまで続くのか、ぜひ知りたいわ」

アンドレ様の強襲からはじまったこの現状。隣国に連れてこられて、そこの貴族と顔見知りになって、なぜか一緒に首都に向かうことになった。

どうしてこうなった！　と叫びたい思いでいっぱいだ。

それに、段々ややこしいことになっている気がしてならない。

「少なくとも、クロード様がいらっしゃるまでは続くのではないでしょうか？」

「嫌なこと言わないでよ。そもそも、旦那様は来ると思う？」

「いらっしゃると思いますよ。リーシャ様を連れ去られて黙って見ている方ではありませんし」

意味ありげにわたしに視線を送り、わたしはミシェルの視線から逃げ出すようにぷいっと顔を背けた。

「来るとしても、時間はかかるでしょう？　なにせ皇太子殿下に呼び出されているんだからそうそう国を離れられないじゃない」

それでなくとも、国の大物なのだから簡単に国境を越えられるとは思えない。

わたしの場合はアンドレ様が一緒だったからなのか、あっさりと入国できた。そのあたりから考えても、アンドレ様とこちらの国の誰かさんの協力があったとみて間違いない。

その誰かさんは、今ご厄介になっているこの邸宅の持ち主である可能性が高いけど。

「なんか、あからさますぎるくらいリーシャ様に言い寄ってましたね」

「あからさますぎて、本気には全く見えなかったけどね」

「そうでしょうね。本気ではないでしょうけど、興味津々といった感じではありました」

あれくらいは社交辞令として流すこともできるけど、あからさまに言い寄るような態度は無作法だ。

特に結婚している女性に対して、離婚の話を持ち出すなんて、2人の仲を壊したいと言っているようなものだ。

回りくどくいろいろ言っていたけど、わたしと旦那様のことなのはまるわかりで、アンドレ様もそのことに気付いていたから、一応擁護に回ってくれた。アンドレ様の態度を見ると、少なくとも、わたしと旦那様を別れさせたいとは思っていないようなので、そのことは少しだけほっとした。

「ローデシー侯爵は、未婚の令嬢には興味ないのかしら？」

未婚には興味がないけど、人のものだと思うと途端に興味を示すような人間もいる。

「というよりか、一応あのお言葉通りとらえるならば、リーシャ様のことが以前より好きで、知り合う前にクロード様が横やりを入れた、と解釈できなくもないですね」

「言っておきますけど、ローデシー侯爵とは面識ないですからね？」

「信じますよ。そもそも、僕だってローデシー侯爵のことは社交場で見たことがありません。つまり、少なくとも我が国で活動したことはないのではないかと思います」

ミシェルが言うのだから、おそらくその通りなのだと思う。

少なくとも、ミシェルが社交界デビューした以降では、彼を見たことがないのなら、わたしだって知るわけがない。

「とにかく、リーシャ様はローデシー侯爵と2人きりにならないでくださいね。そうでなくてもクロード様にとっては不本意な状況なのですから、それに加えて男性に言い寄られているなんて、絶対に知られてはダメですよ」

「旦那様のことはとにかくとして、わたしだってローデシー侯爵とは2人きりになりたくないわよ。何を言われるか分かったものじゃないし。でも、アンドレ様がローデシー侯爵を牽制してくれているから、大丈夫だと思うけど」

というか思いたい。

「アンドレ様も何を考えていらっしゃるのかいまいち分からないので、あまり信用しすぎないでくださいね」

ミシェルの忠告にわたしは神妙に頷いた。


翌日、ローデシー侯爵と共に、全員で首都に向かう。

ローデシー侯爵は、アンドレ様と馬車は同乗で、わたしは昨日と同じでミシェルとロザリモンド嬢と同じ馬車だ。

「あら、てっきりドレス姿のままかと思いましたわ」

ミシェルの姿を見て、ロザリモンド嬢が昨夜のわたしと同じような言葉を揶揄うように言う。

ミシェルもロザリモンド嬢に合わせて残念そうに答えた。

「さすがに、女装で戦うのは骨が折れますので」

とは言っていたが、初めて会ったときの強烈な印象が頭に張り付いているので、女装姿でも戦えるでしょうと言いかけて、やめた。

指摘するところが違う。

「ところで、リーシャ様。できる限りあのローデシー侯爵には近寄らないようにお願いしますね」

「わたしも近寄りたくはないんだけど、アンドレ様と親しいみたいだから、そうは言っていられないんだけど……」

そういえば、ローデシー侯爵とは一体何者なのか結局分からない。

ロザリモンド嬢に視線を向けると、彼女はじっとこちらを見ていた。

「あの、ローデシー侯爵という方、この国では聞いたことないんです。もちろん、わたくしはすべての貴族を知っているわけではありませんが、侯爵くらいになれば、少しは耳にしそうなものですが。ですが、顔を知っているような気がして……」

「正体不明って、そうとう怪しそうですね。なんだか、あの人妻を狙っているって話――、僕は一瞬リーシャ様のことかと疑いましたよ」

ミシェルとロザリモンド嬢、２人の追及にわたしは両手を振って否定した。

「それはないわよ。そもそも、わたしは国を出たのも初めてだし、それ以前は社交は最低限。知り合いになるどころか、顔を見たのも初めてよ。すれ違ったことさえないんじゃないかな？

それに、わたしと結婚してどんな利益があると思う？　わたしの財産なんて北に位置する鄙びた領地だけだし」

結婚による最大の利益。

そんなもの、わたしにはない。

旦那様にとって見たら、わたしの中に流れる血が魅力的だったらしいけど、それだけだ。

「リーシャ様って、かなり古い家系ですけど、それ関係で何かあったりするんですか？　例えば、リーシャ様が知らないだけで、どこかの家系の継承権があったりとか？」

それこそありえない気がする。

ラグナートだって何も言っていないし、もし何かあったら先に言ってくれていると思う。

「ないと思うけど」

「そうですか」

残念そうにミシェルが肩を落とす。

どちらにしても、わたしはあの国を出る気はないので、彼と結婚する気は一切ない。

そもそも、離婚も今のところ考えていないので。

「とりあえず、アンドレ様の目的は一つはっきりしましたね」

「ローデシー侯爵に会わせるってことね」

友人に、自分の息子の嫁を自慢することは少なからずあるだろうけど、わたしだってアンドレ様に会うのは初めてだ。

自慢するために連れてきたとは思えない。

本当に、ローデシー侯爵がわたしに会いたいと言ったから連れてきた、と言った感じだ。

「首都についたら、どこに連れていかれるのか、非常に気になるんですけど」

ただお祭りを見るだけに終わりそうがなかったので、わたしは憂鬱になってため息をついた。


そして、いやな予感は当たるというわけで……。


「ここ、隣国の王宮よね？」

「王宮ですね……」

「王宮だよ。王族が招待してくれたからね」

とんでもないことを言い出す義父は、使用人の後について堂々と中に入ってく。

ローデシー侯爵はわたしの隣で、この王城について説明していく。

「リーシャは初めてだろう？　ここは初代が建てたときからずっとこの場にあるんだよ。もちろん、何度か補修はされているけどね。そろそろ、本格的にやばいんじゃないの？　って思うときがたまにあるよ」

「遷都されたことがないというのは知っています」

普通は、時代背景と共に遷都することが多い。

ただし絶対ではないので、遷都しないのは不思議だくらいで、おかしいと思ったことはなかった。

しかし、ローデシー侯爵が言ったように、建物もずっと同じというのは、さらに珍しい。

古くなった建物を新しくするには、一度壊す必要があるが、広い王城ならば、一部壊して新たに建物を建て替えることもできる。

「古臭いだけの建物だけど、慣れると意外といい味があるんだよ。それに、面白い怪談なんかもたくさんあってね――」

「聞きたくないんでやめてもらっていいですか？」

怖いのは好きじゃない。

というか、好きな女性の方が少ないんじゃなかろうか。

わたしが睨むと、ローデシー侯爵が肩をすくめて笑った。

「この城に務めている人は、始めはみんなリーシャみたいにかわいい反応するんだけど、慣れると、それで？　みたいな反応になるんだよね。リーシャも長くいれば、きっとどうでもよくなるよ」

「……長くいる予定はありませんよ。クロード様がいらっしゃったら一緒に帰ります」

なんだかんだで、皇都の邸宅は居心地がいい。

結婚直後とは比べ物にならないほどに。

わたしの家だって言えるくらいにはなじんでいると思う。

「残念。クロードに負けちゃったよ」

ローデシー侯爵が全く残念そうには思えない声音で、言った。

勝ち負けの問題ではなく、それが普通だ。夫が迎えにきてるのに一緒に帰らないとか、外でなんと言われるか。

まあ、旦那様の場合わたしを迎えにくるというよりは、公務でやってくると言った方が正しいけど。

そういえば、旦那様は大丈夫なのかな……、急な呼び出しだったけど、結局なんだったのか気になる。

旦那様が言うには、皇太子殿下はそうとうやり手っぽいけど。

旦那様とは年が近いけど、その分わたしは離れているため、そこまで詳しく相手を知らない。

おそらく、よく知られているような情報ばかりだ。

遊学を無理矢理終わらせて帰ってきたのなら、この先ずっと国にいると思うので、ぜひ皇族たちを叱り飛ばしていただきたい。

そんなことをつらつら考えていると、隣を歩くローデシー侯爵が話しかけてきた。

「リーシャが公務としてやってくるのは、本来なら十日後だったたっけ？」

「一応、そのようなことは言われていますが」

「じゃあ、クロードが来るまでこの城に滞在するといい。それくらいの権限はあるからね」

「え？　権限」

権限？　城に滞在することを許可する権限――……。

権限って、あの権限だよね？　何かを正当に行うことができるって、そういうこと。

そういえば、アンドレ様が、王族に招待されているって……。

唖然《あぜん》として相手の顔を見上げれば、ローデシー侯爵がにやりと笑っていた。

「あ、ようやく気付いた？　私は王族の血を持つ、庶子だよ。侯爵位はつい先日もらったばかり。母が国王陛下の愛人でね、王妃が亡くなってから母が社交界を牛耳《ぎゅうじ》ってるんだ。その関係で、爵位がもらえた」

さらりと告白するローデシー侯爵に、わたしは何も言えなかった。

「そちらのお嬢さんは、私の顔を見てどこかで見たことあるって顔してたけど、それはおそらく母の顔だろうね、私は母親似だから」

ローデシー侯爵がロザリモンド嬢に言った。

ロザリモンド嬢はローデシー侯爵に言われてようやく合点がいったような顔をした。

「アイリーン様ですね」

「そうだよ。稀代の悪女なんて呼ばれているけど、母の身分で国王陛下を拒絶できるわけないんだよ」

ローデシー侯爵の母君である、愛妾アイリーン様はわたしも少しだけ知っている。

この度公務でこの国にやってくることになっていたので、ラグナートの教えの下勉強してきた。

アイリーン様は、元男爵令嬢でその美貌で国王陛下を誑し込んだって言われている。しかし、ローデシー侯爵の言い分では国王陛下から望まれたのに断る方が不敬。

そのため王宮に上がったとのことだ。

アイリーン様はどう考えているのか分からないけど、今社交界を牛耳っているところを見るとそれなりに野心もあったし、手腕もあったように思える。

「王太子殿下は、確かお亡くなりになられた王妃様のお子ですよね？」

「そうだね。でも私も今は継承権をもらっているから、この先どうなるかわからないけどね」

にこりと笑うローデシー侯爵は、まるで王太子の座を狙っているかのような言い方だ。

「まあ、普通に考えれば順当に現王太子殿下が継ぐことになると思うけど」

耳打ちするかのようにこっそりと不穏な空気を醸し出す発言をしたローデシー侯爵が、ふいにわたしから一歩離れた。

そして顔を上げてこちらを見ているアンドレ様に視線を向けた。

「アンドレが睨んでるね。彼、そっちの国じゃあ評判良くないけど、そこまで無能でもないよ。いらいないのなら、私がほしいくらいだ」

先々代、そして現代リンドベルド公爵が、すごく優秀すぎるくらいの完璧人間のような人なので、その間に挟まれたアンドレ様の評価はあまり高くないが、一人の人として見れば能力は高い、とローデシー侯爵は言う。

本当に無能なら、すでにこの世にはいないとも。

「怖いよね、骨肉の争いって。私も人のこと言えないけど」

現在の王太子は王妃一族やその派閥が支援者だ。

一大派閥であることは間違いない。

それを覆そうとするならば、決定的な功績が必要だ。

嫌なこと聞きそうだから話題を変えておこう……。他国の継承問題に首を突っ込みたくはない。

自国内だって継承問題に関わるのは嫌だけど。まあ、こちらは王妃陛下のお子様しかいないので骨肉の争いにはならないと思う。

兄弟仲はそこまで悪くないと聞くしね。

「ところで、部屋はどちらでしょうか？」

わたしが聞くと、ローデシー侯爵がわたしの手を取ろうとしたが、その前にミシェルが割り込んだ。

「この城の侍女に案内していただければそれで十分ですよ」

「女装姿は美人なのに、男の恰好しているときちんと騎士に見えるから驚きだ」

ローデシー侯爵はミシェルを上から下まで眺める。

「部屋に行く前に、一つ面白いものを見せてあげよう。アンドレも来るだろう？　ただし、申し訳ないがそちらの2人には部屋で休んでいただこう」

「申し訳ありませんが、それは許可できません」

ミシェルが庇うように立ったまま言った。

得体のしれない相手とよく知らない義父と3人でどこか行くなんて、わたしだっていやだ。拒否したい。

「私は一応王族で、君たちに拒否権はないんだよ？　無理矢理連れて行ってもいいけど、さすがにそれは国際問題になるだろう？　アンドレだって許さないだろうし」

「そもそも、私はリーシャと会わせるだけだったんだよ。君がしつこいくらい聞いてきたからね。強引な手に出るのなら、私も許さないよ。せっかくできた娘に嫌われたくないしね」

他国において、アンドレ様に何ができるのか分からないけど、どうやら一応こちらの味方らしい。

本当に味方かどうかは怪しいところだけど。

アンドレ様がわたしの味方に付いてくれたおかげか、ローデシー侯爵が肩をすくめた。

そして、仕方なく説明した。

「リーシャに見せたいものは、この国の秘密にも関わることだから、できれば必要最低人数がよかったんだ」

ものすごく、見たくない。

他国の秘密に関わるなんて、絶対にいいことない。

それに、王族なのに他国の人間にそんなもの見せていいのかな？　いや、絶対にまずいでしょう！

考えなくても分かる。

しかし、相手は何を考えているのか分からない顔だ。常に笑みを張り付かせているのに、まるで獲物を狙うかのようで。

「他言無用だよ？　言ったら困るのは私ではなく君だから」

困るのはわたしとはどういう意味だろうか……。

それを聞くと、余計に関わりたくない。なおさらやめていただきたい。

他国の面倒くさい問題に巻き込まれたくないので。

とは思っても、結局わたしに拒否権はない。

なにせ、ここは他国の王宮。

道すら全く分からないのに、ここで一人取り残されたら、絶対に迷子になって抜け出せない自信がある。

「こっちだよ」

連れてこられたのは、歴代国王陛下の肖像画が飾ってある部屋だった。

アンドレ様も珍しそうに見ているということは、ここに来たことはないようだ。

肖像の間と呼ばれるこの場所は、特別国の秘密に関わるところではない。しかし、その奥にカーテンで仕切られた部屋があった。隠し部屋というわけでもなく、ただなんとなく分けている空間のような部屋。

「こっちは歴代の王妃の肖像画なんだよ」

カーテンで仕切られているせいか、薄暗い。

そのままカーテンを開けておけばいいのに、ローデシー侯爵はカーテンを閉めて、燭台に明かりを灯す。

薄暗い中で、その光だけが頼りだ。

「どうして分けてるんだい？」

わが国では皇帝陛下と皇妃陛下の肖像画は、並んでいるからこその質問だ。

「今から説明するから」

ローデシー侯爵の案内の元奥に進んでいくと、そこにはひときわ大きな肖像画が覆いに隠されていた。

「この肖像画を表に出せないからこそ、分けられているんだよ」

ローデシー侯爵がその覆いを一気に外す。

そこには、一人の女性。

金髪に碧眼の――。

全員が唖然として、そしてわたしの方に顔を向けた。

いくつもの双眸を受けたが、わたしだって意味が分からない。

「彼女の名前は、リシェル。我が国初代国王陛下の王妃さ」

そこにいたのは、紛れもなくわたしそっくりな人物だった。

息をのみ込み、どういうことか混乱する。

しかも、その肖像画はそれだけじゃない。彼女の側にはヴァンクーリまで描かれている。

ほかの王妃の肖像画にはいないのに。

まるで彼女が特別だとでも言うように。

「驚いた？　私も驚いたよ。この国の王族の歴史を学んだのはつい最近でね。ヴァンクーリと王族の関係を知ったのもつい先日のこと」

ローデシー侯爵が肖像画のヴァンクーリを撫でた。

「ヴァンクーリがなぜ我が国にいて、そして今いなくなりつつあるのか……。君が関わっているんだよ、リーシャ。おそらく、クロードも知らない我が国の秘密。君は、この初代国王陛下と結婚されたリシェルの血族——しかも直系筋の人間なんだよ」

説明されているのに、頭に入ってこない。

意味が分からなすぎて。

「ヴァンクーリは彼女の血族にしか仕えない。そのため、ずっとこの国にとどまってくれていたんだけど、段々と血が薄れて近年は、なかなか思う通りに行かないことも増えた。そんなとき、急にヴァンクーリが移動を始めて、どういうことだと気になるだろう？」

王族としてはその原因を調べないわけにはいかない。

このヴァンクーリの毛は国の主要産業なのだから。

「リーシャ、君はヴァンクーリの長と契約したでしょう？」

確信を持って言われた言葉に、わたしは否定する言葉も出てこなかった。

信じられない話を聞き、納得できるかと言われるとそうじゃない。

しかし、目の前には事実、わたしとそっくりな顔があるわけで……。

「ローデシー侯爵、悪いが私を含めて全員さっぱりよく分からないよ。リーシャがリシェル王妃の子孫——というか血族なのはいいとして、どうしてそこにヴァンクーリが関わってくるんだ？　それに契約？　一体どういうことか詳しく説明してほしいところだね」

「ヴァンクーリとリーシャの関係なら、すぐに面白いものを見せてあげよう」

ローデシー侯爵はさらに奥に進むと、そこには下につながる螺旋階段。

「ここは、裏の山脈につながってるんだよ、今外にはほとんどヴァンクーリはいないが、今まではそこら中に寝そべって勝手気ままにやってた」

薄暗い螺旋階段をローデシー侯爵が先導し降りていく。階段のところどころに外が見える窓があるが、そこからのぞくとあたり一面荒野のような場所が見えた。

アンドレ様がわたしの手をとってゆっくり降りていく。

ミシェルはロザリモンド嬢に腕を貸しているが、利き腕はいつでも剣が抜けるように警戒していた。

階段はすぐに終わり、外に出る。

見事なほどに何もない荒野が広がっている。

「見ての通り、何もいない。つい最近までの光景を見せてやりたいよ」

でも、なんとなく想像できた。

公爵領にいるヴァンクーリは自由だった。

人にくっついて何か手伝っているようにも見えたが、基本的にのんびり過ごしていた。

「しばらく待ってたら、来るかな……。その間に、一体何から話したらいいのか……」

「リシェル王妃とヴァンクーリの関係について私は知りたいね」

アンドレ様が気になっていることを遠慮なく聞く。聞きにくいことを聞いてくれるので、とても助かる。わたしも気になっていたことなので、ぜひ教えてほしい。

しかし、ローデシー侯爵は軽く肩をすくめて、困ったように笑った。

「それは、実はよく分かっていない。昔助けた獣が恩返しのためにずっと側にいる、というのが有力の説だけど、本当のところは誰も分からないんだ。そもそもヴァンクーリの生態自体が謎に包まれている。契約がその一つだよ」

「契約――というのも、すごく曖昧でよく分からないものですね」

今度はミシェルだ。

「それこそ、口で説明できないね。なにせ、これもよく分かっていないから。呪いに近いのかもしれない。アンドレは何か思い当たることがありそうだが？」

アンドレ様はなぜか少し理解を示して、なるほどと頷いていた。

紙と紙で行う契約ではない、獣との契約など、普通に考えればおかしいことだ。

「リーシャはクロードから何か聞いてる？」

まったく何も聞いておりません。

少なくともリンドベルド公爵家のことについては、ほとんど知らないと言ってもいい。

むしろ、ロザリモンド嬢の方が詳しいくらいだ。

「古来より、血の契約というものがある。はっきり言えば、今時そんなことを口にすれば嘲笑されるくらいには、物語上の存在でしかありえない。でも、あるんだよ実際に」

おとぎ話に出てくるような話だ。

普通は到底信じられないことなのに、アンドレ様が真実であると認め、なぜかぞっとした何かが背に走る。

それはアンドレ様の瞳が、暗く輝いたからかもしれない。

「生きている契約というのは、国の根幹にも関わるものばかり。リンドベルド公爵家も、その契約の中で生きているんだよ。この国では、ヴァンクーリとの契約か、なるほどね。なぜヴァンクーリがこの国にしか存在していなかったのか分かったよ」

一人納得しているアンドレ様が、それで？　と顔を上げた。

「ローデシー侯爵は何を求めているのかな？　リーシャはすでに人妻だよ……何かするのなら、ヴァンクーリに噛みつかれるかもしれないね。遠くからこちらにやってきてるよ」

アンドレ様が、山の上にいるヴァンクーリを指し示す。

数匹のヴァンクーリが、ゆっくりとこちらに降りてきた。全く警戒もなくやってくるので、野生動物には思えない。

まるで、飼われた動物のような感じだ。

「これが、契約の威力か……。リーシャの匂いでも嗅ぎつけてきたかな？」

わたしたちの側までくると、周りをぐるりと回って、わたしに鼻先をそれぞれ押し付けてきた。

どうしていいのかも分からず、とりあえず撫でると、交代するように下がり新しいヴァンクーリが同じように鼻先を押し付けた。

全員撫でると、彼らは満足したようで、勝手に近くで寝転がり始めた。

その様子を見ていたローデシー侯爵が興奮したように言った。

「すごい、こんなの初めて見たな。父上でさえこんな風にヴァンクーリは近づいてこないのに」

代々の国王がヴァンクーリと契約を結ぶのだと、ローデシー侯爵が教えてくれた。

そもそも、こんなことを教えてもいいのだろうか。

悪用するつもりはないけど、普通に考えれば悪用されてもおかしくない秘密だ。

「ヴァンクーリが突如としてこの国を離れたのは、母上のせいだと言われてたんだ。正当性のない人間が上に立っているからと。この国では、まるで神のような存在だから、彼ら」

言っているのは王太子派の人間。

まあ、何か弱みを握りたいところなのだろう。

「この国を去った彼らが次にどこに向かうのか……、それを調べていたらようやくリーシャ、君の存在を知ることになった。クロードがひそかに結婚してたのは噂で知ってたけど、驚いたよ。君が、まるでリシェル王妃に生き写しだから」

それはわたしも驚いた。むしろ、驚いたのはこの中では誰よりもわたしだと思う。

まさか他国に己の血族がいたとは思ってもみなかった。

ただし、本当に血族かどうかはまだ分からない。なにせ、似ている顔は何人もいると言われるくらいだ。

「何か疑っていそうだけど、ヴァンクーリの行動を見れば誰もがリシェル王妃と同じ血を持っているると思うだろう」

ここまであからさまに好かれていると、そうなるよね。

ローデシー侯爵までもぐるりとヴァンクーリを見渡し、ふいにわたしに顔を向けた。

「ところで、クロードとはうまくいってないでしょう？」

「どういう意味ですか？」

突然の話題転換に、わたしは警戒した。しかも、旦那様との結婚についてだとなおさら。

「この国での王太子というのは、国王の子供の中で、最もヴァンクーリとの適性が高いものが選ばれる。そして、王妃に選ばれるのは、少なからずリシェル王妃の血を汲む人さ」

血が濃い方がヴァンクーリに選ばれやすい。そして、ローデシー侯爵は母親側にリシェル王妃の血は混ざっていないため、国王になるのはほぼ不可能。

そんなときに、わたしが現れた。

「リシェル王妃と生き写しで、ヴァンクーリが移動を始めたリンドベルド公爵家の正妻。きっと、君がヴァンクーリの長と契約したのだとすぐに分かった……。そして、君とクロードの結婚が明らかにおかしいということも」

「ローデシー侯爵、それぐらいにしなさい」

アンドレ様が話を遮ろうとするが、ローデシー侯爵は止まらない。

「現契約者である君が私と結婚すれば、私は国王になれる。誰もが認めるしかないだろう。クロードと上手くいっていないのなら、離婚してこの国の王妃になるつもりはないか？　クロードよりも大事にするよ？」

旦那様とわたしの関係はいびつだけど、上手くいっていないわけじゃない。

最近は少し距離が縮まったと思う。

それに――……。

「王妃とか、絶対にお断りです」

わたしの迷いのない答えに、ローデシー侯爵が目を見開いた。

「まさか、考えるそぶりもなく断られるとは思ってもいなかったな……、普通は王妃の言葉を聞けば、少しは悩むものだが」

「申し訳ありませんが今の地位でも十分すぎますので」

そもそも、結婚したのは三食昼寝付きで堕落生活ができると思ったからだ。

実際、そういう話だった。

まあ、結婚当初から、かなりその生活からは遠ざかっていたけど。

だからこそ、王妃とか一番なりたくない地位だ。絶対公務や社交で忙しいのは分かっている。

わたしの望む生活からは最も遠い存在だ。そもそも、わたしは今の生活が気に入っている。

しかし、ローデシー侯爵はわたしのきっぱり悩むそぶりも見せなかった答えに、逆に興味を惹かれたようだった。

「だが、クロードとの仲が上手くいっていないのなら、私にもまだつけ入る隙がありそうだな」

「何をもってして、上手くいっていないと思うんですか?」

「上手くいっているいっていない以前に、結婚式の形態がおかしいだろう? リンドベルド公爵家の当主が隠れるように式を挙げるなど、明らかに何か隠していると思う。一体何を隠しているのか分からなかったが、君を見た瞬間に分かったよ」

何がわかったというのだろうか。

わたしはローデシー侯爵が何を言おうとしているのかさっぱり分からなかった。

「クロードとはいわゆる本当の夫婦じゃないだろう? 見ればわかるさ、それぐらいは。だからこそ、上手くいっていないもしくは、仮面夫婦なのかと思った」

一瞬、どきりと心臓が鳴った。

それは真実だし、今さら指摘されて驚くことでもない。

いつものように、違いますって顔すればいいのに、なぜか今は難しかった。

仮面夫婦——、それでいいと言ったのは旦那様の方だ。

最近は、それを解消したい旦那様との攻防が繰り広げられているが、今のところ現状維持。

旦那様は、わたしの気持ちを優先してくれている。

横暴なところもあるけど、優しい人だとも思う。それが分かっていても、なかなか前に進めない。

人生経験が圧倒的に足りなさすぎて、どう前に進めればいいのかよく分からなかった。

わたしが困っていると、アンドレ様が何かに気付いたように微かに顔を上げ、肩をすくめた。

「どうやら、私は本気でクロードに殺されそうだ」

「ご自覚があるようで何よりです――……」

静かな怒りに満ちた声音が、アンドレ様に向けて放たれた。

その声に、全員が振り向く。

というか、頭上から聞こえてきた声に全員が上を向いた。

「ぜひとも、生き残れるような言い訳を聞かせていただきたいものです、ええじっくりと」

心胆を寒からしめる声に、わたしが言われているわけじゃないのに、身体が固まる。

太陽が逆光になっているせいで、まぶしくて目が開けられないが、その声はまぎれもなく旦那様の声で。

一体どこにいるのか、と思っていると、巨体がドスンと降ってきた。

そう、下りてきたというよりも降ってきたと言った方がいい。

「父上、お久しぶりです。皇国法では誘拐は重罪であると、ご理解いただけていますか？」

降ってきた巨体は白い毛の動物。

その動物にまたがっていたのは、凍るような目つきをした旦那様。

旦那様は、さっと背から降りると、手に抱えていた何かを放り投げるように地面に置いた。

全員が、旦那様の突然の登場に唖然としていると、そんな大人の事情など知らないと言わんばかりに、小さい丸々太った毛玉がわたしに向かって体当たりしてきた。

「リヒト、それにレーツェル……、え、旦那様？」

「名前はどうした」

そこ、今突っ込むところじゃないし！

全員が、さっぱり理解できていない状況なんですけど！

旦那様はぐるりと周囲を見渡し、くくっと、とっても悪意ありそうな笑いを零した。

「なるほど、こんな風に国境を越えられると、進軍が楽そうだな。なにせ、こちらには移動動物が大量だ。しかも、首都に繋がっているのなら、一気に中枢を叩ける。これほど楽なこともない」

旦那様がすっごい、怖いこと言ってます。深紅の瞳もすっごい、怖い輝きです。すでに、人一人殺してきていそうです！

「いつか来ると思っていたけど、早いんじゃないかな、クロード」

アンドレ様が諦めたように軽くため息をつく。

「遠回りせず、最短距離を進みましたので」

視線を向けるのは、山脈。

そして、レーツェルたちヴァンクーリ。

どうやら、彼らの先導でここまでやってきたらしい。

断崖絶壁に近いところもあったはずでしょうに……。いや、確かにレーツェルはそうやって皇都に入り込んできたんだけど。

それに、公爵領にいるヴァンクーリたちも似たようなものだ。

「人では難しい道も、彼らにとってはそうでもないようだな。驚くほどの運動能力だ。普段、ゴロゴロ寝転がっているから、そうは見えないが」

わたしの周りに寝転がっているヴァンクーリを指摘する。

「一部、元気のいいものもいるが」

筆頭はまだまだ子供のリヒト。

わたしに体当たりしてきたと思ったら、今度はミシェルにじゃれついて、ミシェルの手によって捕獲されていた。

「もともと彼らが大人しいのは知っていたが、そのせいで勘違いしそうだ。性格が穏やかだと言っても、持っている能力がそうとは限らないと」

レーツェルの鼻先を撫でながら旦那様が言う。

ヴァンクーリの生態は謎に包まれているが、彼らの運動量がかなりのものだというのは分かっている。

ごろごろしているようでも、荒野や山脈に生きるのだから、移動するにしてもそれだけの力が必要になるのだ。

「乗り心地も案外悪くなかった」

「……普通は、ヴァンクーリに跨ることもできないんだけど」

唖然としていたローデシー侯爵が、厳しい顔で旦那様を見据えた。

「大人しいものだったぞ？　だが、だからこそなぜこの国が建国できたのか理由を理解した瞬間だったな。彼らの力は、国として脅威だ」

初代国王の王妃、リシェル王妃。

彼女がヴァンクーリを使役していたため、国として建国できた。と旦那様は確信したらしい。

でも、わたしも今同じことを考えていた。

「主要産業ではなく、軍事産業にも使える動物か——、悪くないな。しかも、今はこの国の王ではなくリーシャに従っているのならなおさらだ」

いや、というか待って！

今まで考えていなかったけど、それってわたしがすごく危険な存在じゃない？

この国からしたらわたしは邪魔な存在だ。

しかも、今ヴァンクーリの使い道を旦那様が証明して見せた。

「まあ、リーシャを殺したとしても、すでに薄まった血はそう簡単には戻らないだろう。新しい契約を結んでも、せいぜいこの国に戻ってくる程度だろうがな」

いや、他国の揉めごとに参加したくないんですけど。不可抗力ですよ、そもそも契約した覚えもないですし。

旦那様がわたしの前に出て、ローデシー侯爵の視線を遮る。

隣には、レーツェルが寄り添う。

「国王になりたいのなら、ぜひなってくれ。リシェル王妃の血が薄まれば、こちらとしても大歓迎だ。ただし、自分の力でな。こちらとしては、ヴァンクーリを操るこの血は、他国に渡せない。そもそも、リーシャは私の正式な妻だ」

旦那様がきっぱりと言う。

「正式な、ね？」

ローデシー侯爵が旦那様に挑むように言った。

「果たして、正式と呼べるのかな？　結婚式もおざなりで、披露宴もなし。正式に妻にしたにしては扱いが良くないように思うけど？」

ローデシー侯爵が言ったことは正論で、旦那様はどんな反応をするのか気になったが、彼はただ笑っただけだった。

「何がおかしい？」

「いや？　好きな女性と早く結婚したいと思った私の気持ちが、どうやら伝わっていないようだ」

その答えにわたしは、目を伏せた。

うん、旦那様は旦那様だったよ。

恋愛結婚設定は、健在だった。

果たして、この中の面子で、一体誰が恋愛結婚だったと言い張る旦那様を信じるだろうか。

ただ、わたしは旦那様の登場に少なからずほっとしていた。

そのおかげで、気持ちが落ち着いている。

旦那様には聞きたいことはいろいろあったけど、今はそれより目の前のことだ。

「あの……、一つずっと気になっていたのですが、そもそも契約ってどういうことですか？　わたしは全く記憶にないのですが」

2人の間で緊迫した空気が醸し出される中、わたしが尋ねた。

アンドレ様が血の契約だのなんだの言っていたけど、そんな記憶全くない。

しかも、〝長〟との契約とか。

〝長〟ってどれのこと？　いっぱいいすぎて分からないけど、レーツェルのことかな？

「おそらくだが──……」

旦那様が顎をしゃくり、ミシェルが捕獲しているリヒトを示す。

「……嘘ですよね？」

普通、動物界の長とか長老格というか、ボス？　的な存在って若い力のある者じゃないかなって思うのは、きっとわたしだけじゃないはず。

いや、リヒトは若くて子供らしく力が有り余っているけど、わたしが言いたいのはそういうことじゃない。

むしろレーツェルだって言われた方が納得するんだけど。

落ち着いてるし、頭がいいし、面倒見もいいし。

「ミシェルから、アレに噛みつかれたと聞いたが？」

「そうですね……、そういえばそんなこともありました」

「そのあと、傷を舐めてくれたとか?」

「だったような気がします……」

そのあと、なぜか急に大人しくなったのは間違いない。

「そのときに、契約が変更されたんだろうね」

「ちょっと待ってください。そもそも、リヒトがそうだとしても、その前の〝長〟は一体どうなったんですか? それにどうしてリヒトは連れ去られたんですか?」

ここで生まれて育てられていたのなら、周りにはヴァンクーリの大人たちがいっぱいいただろうに。

レーツェルだって、きっと目を離さないようにしていたはずだ。

「少し前に、ヴァンクーリを狙った密猟があったんだ。そのとき、何匹か犠牲になっている。その中の一匹が、〝長〟だったんだよ。私たちは、ヴァンクーリの〝長〟がどうやって選ばれるか分からない。ただし、血筋なのではないかと思っている」

見た目が似ているので、どの個体が血が繋がっているか分からないが、〝長〟が亡くなったとき選ばれるのは、年齢に関係ないそうだ。

「リヒトが連れ去られたのは、その密猟の最中だったんですね?」

「おそらくは。もともと、密猟は絶えないんだ。金になる獣だからね」

それがどういう経緯か分からないけど、売られてしまったということだ。出会ったときは薄汚れて、人に警戒していたリヒトの気持ちもわかる。

群れからさらわれたら、そりゃあ人に対して警戒もするよね。

「さて、結局ぺらぺら話してあげたけど、クロードはどうするつもり？　公表でもする？」

公表してもヴァンクーリと王室の関係を正確に理解する人は少ないと思う。

なにせ目に見えない契約だ。むしろ、今時何言ってるんだって笑われて終わりだ。こっちが馬鹿にされて終わる気がする。でも、それが分かっているから話したのかもしれない。

冗談を言われたと思われるのがオチだ。

ただし、まさかここまでヴァンクーリが言うことを聞くとは思っていなかったはず。

おかげで、ローデシー侯爵の立場がかなり悪くなる。王家の秘密を他国の人間に漏らしたのは国家反逆罪にもなるはずだ。それが国の根幹になる案件ならばなおさら。

そして、わたしの存在が余計にややこしくしてしまっている。

ヴァンクーリを悪用しようと思えば、悪用できてしまうからだ。旦那様がどう判断するのか、気になって、全員の視線を集めていた。

「……公表しても、今度はリーシャが危険になるだけだ。そっちが隠し通すのなら、こちらは公表しない。リーシャの存在も、公にはしないと約束してくれるならな」

「それはずいぶんと遅いかもしれないね。王宮に入った瞬間から、疑われているよ。命は保証されるだろうけど、今後あの手この手で引き入れようとはするだろうね。こちらにとっては、それほど魅力的な血なんだよ」

うん、ですよねぇ……。わざとかな？

「君は、自分の血筋がただ古いだけとでも思っているかもしれないけど。しかも、クロードがヴァンクーリと一緒なら山脈越え、他国にあっさり侵入できると証明しちゃったからねぇ」

旦那様が、ヴァンクーリの価値をずいぶんと上げてしまったようだ。

「それに、君たち公式訪問する予定だっただろう？　いつまでも隠すのは無理があると思うけど？」

忘れてた。

すっかり忘れていたけど、そういえばそうだった。

旦那様が目を閉じ、何やら考えだした。しばしの沈黙の後、わたしを見下ろす。

「隠さない方が、むしろいいかもな……」

旦那様が呟く。

「リーシャがリシェル王妃に似ているのは仕方がないとしても、ヴァンクーリとの関係は全部否定するしかないな。それから、目の前の侯爵のように馬鹿なことを考える輩を増やさないために、一度正式にお披露目しておこう。我が皇国でも、いまだにリーシャの顔を知らないものがいる」

まあ、そうだね。だって社交嫌いだし。

「無理ありすぎないか？　今この瞬間も、きっと見られているぞ？」

「そこで、迷惑料を払ってもらおう」

旦那様がローデシー侯爵に迫った。

「このヴァンクーリは、そこの国王陛下の庶子に反応してやってきてるということにしよう。リーシャが原因と言うよりは、そっちの方が理屈が通りやすい」

「……とんでもないこと言うね」

「国王の座を狙っていたんだろう？　こちらとしても血は薄めてもらった方がありがたいからな。国防の観点から言えば、獣を操れる血が濃いままでは困る。それに、正直公爵領だけで彼らを養うことはできない」

あ、どっちも本音だろうけど、後半の方が本気っぽい。

確かに多いから、彼ら。

「それを言うなら、こっちだって非常に困る。血が濃い人間がそっちにいるのは」

ですよね。

わたしだって同じこと思う。旦那様もおそらく同じことを考えているが、結局、信じてもらうしかないと口にした。

「リーシャの血も次第に薄れていく予定だから、それは信じてもらうしかないな。少なくとも、平和を自ら壊すことはない。今も昔もそうだったように」

「そういえば、皇国は昔から侵略戦争はしてませんね……」

いつだって受け身だ。

攻められたから応戦するだけで、積極的に攻め入ることはない。

「それが契約だからな」

出た。

また、契約だ。

「守ることに特化した力なんだ、リンドベルド公爵家の契約は」

他国で話すようなことでもないので、詳しいことはまた今度、と旦那様が話を切り上げた。

「話を戻すが、リーシャに従うのなら、リーシャが彼らに命令すればこの国にもいてくれるんじゃないか？」

旦那様がわたしに疑問を投げかけるが、前提としてわたしはまったくわからない。

「どうでしょう？　リヒトを見てると、自由っぽいですけど。それに、わたしはいまだに半信半疑です」

確かに、レーツェルはわたしに従うそぶりはあるけど、だからといってそれが他のヴァンクーリに適応されるかは分からない。

それに、どうやって頼むのか知りたい。

「言っておくけど、私は知らないから。どうやって頼むのか」

頼りにならない答えが返ってきて、とりあえずレーツェルに頼んでいることにした。

リヒトに言うよりマシだと思ったから。

それに、レーツェルはリヒトの保護者みたいな存在なので、何か反応が返ってくるかもしれない。

「レーツェル、今の話聞いてた？　この国に戻ってくるようにお願いできる？」

わたしが頼むと、レーツェルが頷くように頭が上下した。レーツェルは基本的にわたしの話をよく聞いてくれて、願いも叶えてくれている。

すると、一声高らかと天に遠吠えが響き渡った。響き渡る遠吠えは、何が意味があるのか分からない。しかし、きっと何か意味があるのだと思う。

レーツェルは一仕事終えた様子で、わたしの隣で座っている。

ありがとうと感謝の気持ちを込めて頭をなでると、嬉しそうに目を細めた。

「これでいいんでしょうか？　というか、レーツェルが〝長〟なのかと思ってしまいますが」

「あくまでも、おそらくだ」

「旦那様は、どうしてリヒトが〝長〟だと思ったんですか？　絶対そう見えませんけど」

これはおそらくわたしだけじゃなく、全員が思っていそうだ。

「レーツェルの行動が……、なんとなく保護者という感じだけじゃない、気がしただけだ」

旦那様もはっきりと確信を持っているわけではなく、あくまでも勘のようなものらしい。

「さて――」

「あっ！」

旦那様が突然自分の纏っていた防寒用のマントをわたしの頭からかぶせた。

「人が集まってきた。とりあえず……、私が勝手に国境を越えたのはまずいので、ぜひローデシー侯爵に言い訳を考えていただこう」

できるだけ顔を見せるなと、旦那様に言われ、マントのフードを目深くかぶる。

「父上――……、戻ったら覚悟してください」

「え、このままこの国に、居座ろうかと……」

「そうですか、では今後の支援金も必要ないということでいいですね？　国外逃亡した犯罪者に渡す金はないもので」

容赦ないな、旦那様……。

まあ、それだけ今回のことは腹に据えかねているってことだろう。

「あの、公式訪問の件はどうなりました？」

この後数日後には公式訪問が控えているのに、その夫婦はすでにやってきているというのは、結構まずいのではなかろうか。

しかし、旦那様はなんてことないようにわたしに言った。

「ああ、無くなった」

「……はい？」

「皇太子殿下に、正式に断りを入れて、今後は皇室の一員として外交に赴くことはしないと、はっきり伝えてきた」

それは許されることなのかな？　ただの嫌がらせ？

「それは、なかなか思い切ったことを言ったね、クロード」

アンドレ様が笑って言った。そんなアンドレ様を旦那様が睨みつけた。

「あなたが頼んだことはすでに分かっています。私を足止めするようにと」

「まあ、普通にわかるよね。でも、こうでもしないとクロードは絶対私に合わせようとしなかったたろう？」

「否定はしません」

否定しないんだ……。

もし、アンドレ様が強引な手法を取らなかったら、わたしが直接アンドレ様に会うことはなかったということだ。

「何を警戒しているのか分からないけど、さすがに息子の嫁に手を出すようなことはしないよ。それぐらいの常識は弁えているつもりだ」

むしろ、そんな常識がなければ、手を出していたのか、と突っ込みたくなった。

年相当離れているんだけど……。

アンドレ様の許容範囲は広いようだ。まあ、女性好きな人は若い人の方が好きなことが多いと聞くけど。

「私が言うのもあれだけど、親子喧嘩は国に戻ってからにしてくれないか？　人が集まってきてるから」

ローデシー侯爵の言葉通り、先ほどのレーツェルの遠吠えを聞いた人が集まってきていた。

何事かと。

「おっと、兄上もお越しだ。クロードは面識あったよね？」

「ありますね。ですので、ぜひ頑張って誤魔化してください」

「いい性格、してるね……」

ローデシー侯爵は断ることをしなかった。

非公式だが、一応リンドベルド公爵家が後ろ盾になってくれたと考えているようだ。

他国の人間に頼るのはまた揉めそうな案件だけど、彼は後ろ盾が弱いので、これは好機でもあった。

ヴァンクーリが自分の味方ならば、国王の座も夢ではない。

この先、血の契約以外での関わり方を模索しなければならないが、もともと危機感はあったようだ。

昔に比べると、ヴァンクーリが言うことを聞かないことを教えられていた。

ゆえに、いつかはヴァンクーリがこの国を去る恐れがあるとは考えていたようだ。

それが急激に変化するとは思っていなかったが。

ただ、今回の件はこの国にとって様々なことを考えさせる良い機会になったと思う。

変わらない日常はないのだ。

いつか、古いものは淘汰され、新しいものが台頭してくる。

それはわたしも同じだ。

古い日常は、旦那様によって壊され、新しい日常がはじまって、様々な人と出会い、いろいろ考えが変わった。

「ところで、旦那様。どうして無理に国境を越えてきたんですか？　断らなければ、数日後にはこちらに来ていたのに」

「妻が誘拐されて黙っている夫はどう思う？」

質問に質問で返され、わたしは納得した。

一応、誘拐ではないけど、旦那様からしてみれば、誘拐に入るようだ。

アンドレ様はこの後一緒に皇国に帰ることになっている。というか、強制連行するそうだ。

「帰りはどうするんですか？」

「ゆっくり帰るさ。もちろん馬車でな。レーツェルは乗り心地は悪くないが、上下左右の動きはさすがにきつかった」

「旦那様でも、きつく感じることあるんですね？」

なんでも軽々とこなしているので、そうは見えない。

しかし、本人からきついという単語が出るあたり、本当にきついようだ。

「ちなみに、本気で旦那様が使った道は使えそうなんですか？」

実は結構気になっていた。一部は断崖絶壁のようなところがあるはずだ。

標高も高く、普通に落ちたら死ぬ。

「命がけならいけるだろうな」

「……旦那様は自分が国にとって重要人物だって自覚ありますか？　旦那様がいなくなったら、どうするんですか!?」

わたしの憤慨に、旦那様が意外そうな顔をした。

「なんですか？」

まるでわたしの話を聞いていないような旦那様に、わたしがむすっとしていると、突然小さく噴き出した。

「すまない……、まさかリーシャから心配される日がくるとは思っていなくて」

「……はい？」

「いつも近寄ると露骨に嫌な顔をしてくるから、実は最近本気で嫌われているんじゃないかと思いかけていた。まあ、前回の件でそれは違うと分かったが」

前回の件とは、おそらくわたしの実家にまつわるあれこれのとき。

名前呼びを強要されたときの話。

「素直になれないのは、私のせいもあるだろうから、もうしばらく待とうと思ったが、意外とリーシャは私を気にかけてくれていたようだ。気持ち的に、少しは私に向いていると分かってうれしいよ、素直に」

旦那様がやわらかく笑う。

そんな顔を見たのは初めてで、わたしは固まった。

そして、即座に顔をフードで隠す。

「べ、別に心配したわけではないです！　一般論で、リンドベルド公爵が亡くなったときの国の不利益を考えてですね！」

そうそう！　別に旦那様を心配したわけではないんですよ！　わたしは国のことを考えて言っただけ！　別に憎まれ口でもなんでもないんです！

なんか顔が熱くなってきたけど、気のせいだ。絶対。

旦那様に見下ろされているのは感じているし、なんなら旦那様が何か変なこと考えていそうだけど、全部無視して旦那様に背を向けた。

すると、その背に向かって、旦那様が不満そうに言った。

「ところでリーシャ、名前はどうなった？」

「それ、こだわりますね旦那様」

言われた言葉が揶揄いを含むようなものではなかったせいか、肩から力が抜け、ちょっとだけ呆れて、旦那様の方へ首を捻り見上げた。

「約束は約束だろう？」

肩をすくめた旦那様にわたしは小さく呟いた。

「早く帰りたいです、クロード様」

「そうだな、その通りだ。できれば帰りは揺れの少ない乗り物で戻りたいものだ」

それを聞きつけたレーツェルが旦那様を尻尾でバシンと叩き、わたしに身体を擦りつけた。

遠くでは、ヴァンクーリの群れが少しずつ集まりだしていた。


いろいろあった隣国から戻ってきたときは、ほっとした。

そして、侍女たちに心行くまでお世話され、部屋のソファーでぐでーと伸びているときだった。

旦那様もさっぱりとした部屋着で、わたしの部屋にやってきた。

そして、おもむろにある提案をする。

「式を挙げよう」

突然の宣言に、わたしは旦那様にお茶を渡そうとしていた手が一瞬止まる。

「もうしてますけど？」

「そうだが、今回は急ごしらえではなく、時間をかけて。本当に結婚したのかどうか、疑っている貴族はそれなりにいるからな」

そうはいっても、すでに結婚して式まで挙げているのに、もう一度やる方が何か疑惑を持たれそうだ。

「むしろ、溺愛していると思われるかもな？」

「どうしてそうなるんですか？」

「結婚式と言うのは金も時間もかかる。好きでもない相手と何度もやろうって気は起きない」

「……クロード様って、結局わたしのことどう思ってるんですか？」

いつも揶揄われると感じるのは、子供のように扱われているということ。そのせいで、わたしは旦那様の気持ちがよく分からなくなる。

わたしの疑問に対し、呆れたようにため息をついた。

「私はきちんと意思表示してきたと思ったが？　好きだとも伝えたはずだ」

「え、えーと……？」

目が泳ぎそうになった。

あ、あのとき！

結婚まもなくの社交のときに、確かに言われた気がする。

ただし、好きではなく好ましいだった気もするが、他に言われたことあったけ？　いや、ない！　たぶんない！　あったら誰か教えてほしい!!　ミシェル当たりなら、きっとこっそり聞いてそうだし！

「そもそも、リーシャは私をどう思っているんだ。まさか、いまだに進展なしとは思いたくないが」

「うっ……」

今聞くことかな？　いや、今聞くことか……。

でも、もう少しわたしの性格を考えて、言いやすい雰囲気にしてほしかった。

これでは一方的な追及で、余計に言いづらい。しかし、旦那様は追及を緩める気はないようだ。

「好きも嫌いも、はっきりと聞いたことはないな。素直になれないのなら、無理矢理素直にさせる手法もあるがどうする？」

恐ろしい提案を、恐ろしい顔つきで言ってくる旦那様に、わたしは全力で叫んだ。

「――好きです！　好きか嫌いかなら確実に好きです!!」

怖いんですよ、無理矢理素直にさせるとか、拷問？　拷問ですか、旦那様!?

「好きか嫌いか……ならか？」

「いえ、好きです。おそらく！」

これまた不満そうだけど、わたしにとってはこれが精一杯の努力だ。

旦那様は仕方なさそうに苦笑した。

「まあ、及第点……としておこう。ようやく素直になったか。最近、リーシャは私を避けているし、素直になれないのはまだ子供だからと我慢していたが、そろそろ限界だった」

旦那様が立ち上がりわたしの横に座る。

そして、肩を抱き寄せて軽く抱きしめてきた。旦那様のいつも使っている香水の匂いが微かに香る。

胸にあてた手と耳から旦那様の少し早い鼓動が聞こえてくる。

なんとなく、いつも変りなく穏やかなイメージがあったので、旦那様でも緊張することがあるのだと、驚く。

いや、そもそもわたしの方こそ早鐘のように心臓がうるさいんだけど。

しかも顔が熱いし、赤くなっている自覚あるし！

「このまま寝室に連れて行ってもいいか？」

「ダメに決まってます!!」

危うい言葉に、即座に反対する。

「仕方ない、そこはもうしばらく我慢しよう。その代わり、多少の触れ合い《スキンシップ》は構わないな？」

「……過度なものはお断りです」

「これくらいは？」

旦那様が、抱きしめていたわたしの身体を少し放し、次の瞬間軽く頬に口づけた。

その次に額に。

「こ、これくらいなら……」

今までだって、これくらいは少しやられていたし、いいだろうと判断すると、今度はさっと唇に触れた。

「これは？」

旦那様との口づけは初めてじゃない。

というか、初めての時はあまりにも怒りがわいていた。

旦那様にとって見たら、大したことのないふれあいでも、わたしにとっては違うのに。

嫌がらせ――、の一環だと思っていたが、そうではないのだと知ったのはそれからしばらくたってから。

では、今は？

「いやだったか……？」

旦那様が慎重に聞いてくる。

初めて会ったときは、横暴な暴君かと思ったけど、今はそうは思っていない。

「いや、ではありません……」

わたしはおそらく今までで一番、素直に言葉にした。

嫌ではなかった。

恥ずかしくて、死にそうだけど。

「それは良かった」

旦那様はそれ以上のことはしなかった。

ただ、そっと抱きしめてきた。

「あの、結婚式の話ですけど……」

「ん？　希望でもあるのか？」

「本当にやるのか確認したくて……」

「やる。今回、結婚の形態を疑われた結果、横恋慕のような横やりが入ったせいで、こんな面倒くさいことに巻き込まれたんだ。リーシャが誰のものかはっきりさせておかないと」

誰のものか。

別に誰のものでもない！　と憎まれ口をたたく気にはなれず、わたしが頷く。

「あと、一つ確認ですけど、以前取り交わした契約ってどうなりますか？」

「できれば廃止したいが、また考え直しだな。貴族の結婚に絶対はないが、契約は絶対に遵守すべきものだから」

万が一のことも考えて、契約書は交わした方がいいと旦那様が言う。わたしの方も、その方がありがたかった。

なにせ、最近ちっともその契約通りに進んでいないので、もしもの時に旦那様につきつける権利が欲しい。

主に夫婦喧嘩したときに！

「顔に書いてあるぞ」

ハッとして何事もないように装ったわたしに、旦那様が苦笑した。

「一応聞いておくが、契約では何をお望みだ？」

聞かなくても分かってる、といった旦那様の顔に、わたしはふふんと笑って見せた。

「もちろん、三食昼寝付きの公爵夫人待遇です！」

その答えに、旦那様が驚いたように目を見開いた。

しかし、次の瞬間嬉しそうに口元が緩む。

「それは、公爵夫人としてふるまってくれるということか？」

「そもそも、わたしは最近では公爵夫人として公的にふるまっておりますが？」

きっと、聞きたいのはそういうことじゃない。

でも、わたしは素直じゃないのは旦那様が良く知っているので、相手はそれ以上何も追及してこなかった。

そして、なぜかいい雰囲気だった旦那様が急ににやりと笑っているような笑みに塗り替えられていく。

「では、今後は苦手な社交を頑張っていただこう。先ほどいった結婚式の件だが、もともとは花婿側が手配するが、披露宴は花嫁側の采配《さいはい》になるのは知ってるか？　前回は披露宴をしなかったが、今回はぜひ頑張ってもらおう」

「……普通、言い出した方がやりません？」

「公爵夫人としての一番初めの大仕事だな。楽しみだ」

それって、この先しばらく超大忙しってことになりませんか、ねぇ、旦那様!?　だって、結婚式の準備だって花嫁側が少しはやりますよね？　それで披露宴？　リンドベルド公爵家の家格を考えれば生半可な準備はできないんですけど!?

わたしは、先ほどの言葉をすべて破棄した気持ちでいっぱいだった。

「わたし、三食昼寝付き生活を約束してくださいって、言ったのに!!」

しばらくは、堕落生活どころかお昼寝生活ができなくなりそうで、わたしは叫んだ。

9章　三食昼寝付き、謀反の知らせは唐突に

「無理……」

わたしが呟くと側でわたしの手伝いをしているミシェルとロザリモンド嬢が顔を上げた。

「まあ、確かに。ここ最近で一気に決済書類が増えましたわねぇ」

ロザリモンド嬢は、書類を手にしながら小さく頷いた。ロザリモンド嬢に任せるのはどうかとちょっと心配だったけど、さすがリンドベルド公爵家の親族で大貴族のご令嬢。

家政に関してはむしろわたし以上に詳しく、リンドベルド公爵家の内情にも通じているので、とても頼りになった。

リンドベルド公爵家の家政に関して、少しずつ関わっていき、ついにほとんどを任されるようになったのはいいけど、普通なら数年にも渡って学び把握することだ。

できるとは言っても、まだまだ分からないことは調べて、聞きながらのせいで、時間がかかる。だけど、ロザリモンド嬢に尋ねればあっさりと解決するようなこともあり、格段に楽にはなった。

楽にはなったけど、それ以上に決済内容が増えているのは、ラグナートの容赦ない教育の結

果だ。

ロザリモンド嬢という優秀な助手を手に入れた結果、ラグナートの方で処理していたものもこちらに回るようになった。

「まあまあ、これが終わったら糖分補給でもしましょう。僕、頼んできますから」

そう言って席を立とうとするミシェルをわたしは引き留めた。

一人逃げ出すのは許さん！

「自分で行かなくてもここに鈴があるよ、ミシェル」

にこりと微笑んで、ちりんと得意げに鈴を鳴らす。その音を聞いて、ミシェルが若干ため息をついた。

「僕の仕事はリーシャ様の護衛なんですけどね」

「知ってるけど、特別手当だしているでしょう？　わたしに足りないところを補ってこそ素晴らしい主従関係だと思うの」

「意味合いが違いますよ、リーシャ様」

ロザリモンド嬢もだけど、ミシェルも女性として一流の教育を受けているし、なんならミシェルは男性としても高度な教育も受けている。

そのため、護衛としても優秀だけど、書類仕事に関しても能力が高いため、ついつい仕事を振ってしまうのは仕方がないと思う。

使える人材は使わないともったいないしね！

ちなみに、ミシェル自身は書類仕事より身体を動かす方が好きらしい。

意外だ。

見た目が可愛い系だからか、どうしても身体を動かす騎士よりも文官的なイメージを持ってしまう。もちろん、見た目に反してミシェルが異常に強いのは知っているけど。

まあ、とにかくだ。ミシェルは基本的に何をするにもそつなくこなす。得意な分野はあるけど、苦手な分野は基本的にはない。

そのため、旦那様がミシェルを使い勝手よく使う理由が分かる。

しばらくすると、扉がノックされた。わたしがノックに対して返事を返す。

すると、部屋に入ってきたのは旦那様だった。その後ろにライラを伴って。

おそらく、ライラが用事を聞きにくるのと同じタイミングで旦那様がわたしのところに来たのだろう。

旦那様が部屋の中に入ってくる。その姿に、ちょっとだけあれ？　と思う。

その恰好は朝食の席であったときとは違う。邸宅内にいるときは基本的に軽装だけど、きちんと上着を着た正装に変わっていた。

襟に細かな刺繍の施された藍色の上着を着て、その襟には大きめのブローチ。白い手袋をはめた格好にわたしが目を瞬かせる。

「どうされたのですか？」

「急だが皇城に行ってくる。皇太子殿下から呼び出された」

「本当に急ですね。というか、皇太子殿下の呼び出しは緊急以外にないんですか？」

前回の呼び出しのときも前日とかだった気が……。

まあ、旦那様とは友人関係らしいから気軽に呼びつけられるのかもしれないけど。

「皇女殿下との一件で話を聞きたいらしい。そう言われれば、行くしかないな」

皇女殿下との一件は、すでに皇族側と話がついているけど、当時その場にいなかった皇太子殿下は、きちんと詳細が知りたいらしい。

すでに、親弟妹からは話を聞いているけど、一方の言い分だけでなく、両方の主張を聞き判断したいそうだ。

とても公平な方だなと思う。

「皇太子殿下は、次期皇帝としてふさわしいお方だということは知っておりますが、どのような方なんですか？」

「良くも悪くも、皇族らしい方ではある。自分に厳しく他者にも厳しいが、その分能力のある者は平等に評価する方だ」

なんとなく旦那様に似ている方だと感じた。

子供の頃からの知り合い――というか遊び相手兼学友だったそうだけど、旦那様に感化されたのか、それとも旦那様が感化されたのか。はたまた、２人揃って同じ気質だったのかは分からないけど、さぞ話は合うだろう。

「リーシャは皇太子殿下に会ったことあるか？」

「正式に会ったことはないですね」

「殿下がそのうち夫婦揃って招くとおっしゃっていたから、そのうち招待状が届くだろう」

さすがに公的に呼び出すときはきちんと余裕をもって招待状は出されるらしい。旦那様はともかく、女性の支度には時間がかかるので、そうでなくては困る。

「ところで、出かけることを伝えに来たんですか？」

それぐらいなら使用人にでも伝えてくれれば面倒はないのにと思いっていると、旦那様が身を屈めて素早くわたしの頬に口づけた。

ミシェルとロザリモンド嬢がいるのにまるで気にしない慣れた動きに、頬が熱くなった。

「出かける前に夫が妻に挨拶にくるのは、別に不自然なことでもないだろう？」

確かにその通りだ。

ただし、わたしたちは今までその自然なことをしていなかった。

突然態度が変わると、当然の行為というよりも気恥ずかしい気持ちの方が上回る。

「人が見てるのに、やめてください！」

しかも、今はミシェルとロザリモンド嬢がいるし！　旦那様は慣れているのかもしれないけど、少しくらいはわたしの進歩に合わせてほしいんですけど！

男女関係に関してはそれこそ誰かに教わることもできなかった。

きっと、普通は母親に聞いたり、友達同士とかと少しずつ学んでいくのかもしれないけど、生憎とわたしにはその機会が訪れなかった。

そのため、旦那様のスピードに合わせるのは大変なのだ。

「人が見ていなければいいのか？」

クスリではなく、ニヤリの効果音がふさわしい笑みを浮かべて耳元で囁く旦那様の胸を思い切り押す。

「さっさと行ってきたらいかがですか!?」

「何か土産でも買ってこよう」

「いりません！」

恥ずかしと揶揄われていると感じる態度に、腕を組みながらそっぽを向くと、旦那様の苦笑が返ってきた。

さっさと行けと睨むように見上げるのとほぼ同時に、馬車の準備ができたと廊下から声をかけられた。

まだ何かしてくるかと身構えたけど、旦那様は軽く笑っただけだった。

「ぜひ泊まり込みで頑張ってきてください」

「夕食までには戻ってくるさ」

旦那様は皇城に仕事部屋と仮眠室を持っている。

帰るのが面倒なときなんかは、ここで過ごすこともあったらしいので、ぜひ今日はそうしてくださいと勧めるも、夕食までには帰る、と言って部屋を出て行った。

旦那様がいなくなると、部屋の中でなんとも奇妙な空気になった。

正確に言えば、どこかの誰かさんたちが目で語り合っている。

「ここ最近、本当に仲良くなりましたわね。喜ばしいことです」

「夫婦仲がいいことは一番ですけど、クロード様ってやっぱり女たらしですよねぇ」

僕はさすがにあんなにスマートに頬に口づけできません、とミシェルが言った。

もうさ！　せめて見なかったふりくらいしてくれないかなぁ!?　普通、使用人は見ないふりくらいできるでしょうに！

逆にわたしがミシェルを視界から消すように、書類に目を落とした。

日が落ちて、室内が照明で煌々と明るく照らされる時間。

すでにいつもの夕食の時間をすぎ、現在わたしはロザリモンド嬢と向き合って夕食を食べていた。

旦那様は、夕食までには戻る、なんて言ってたけど、どうやら急ぎの仕事で皇城に止まるらしく、その皇城から知らせがきたと手紙が届いたのは、いつもなら晩餐をとっている頃だった。

すでに、旦那様の分も用意されていたので、せっかくなのでロザリモンド嬢を誘ってみたら二つ返事で了承してもらえた。

ちなみに、ミシェルには早々に断られている。生まれが侯爵家とはいえ、今は一使用人なので、旦那様に言われない限りは遠慮したいとのことだ。

友人のような関係ではあるけど、ある程度の一線は引いておく必要があるのも分かるので、しつこくは誘わない。

その点、ロザリモンド嬢は今のところ客人扱いなので、誘っても問題ない。ロザリモンド嬢自身も了承したので、夕食を共にすることになった。

「クロード様は、今日はお戻りにならないのでしょうか？」

「それはわたしにも分かりません。夕食はいらないと連絡はきましたが……」

向こうに泊まるなら、夕食はいらないではなく泊まると連絡がくるまで帰ってくるとは思う。

「ですが、こんなに遅れて連絡してくるのは、なんだか珍しい気もしますね」

「そうですか？」

「出かける際に、夕食には戻るとおっしゃっていたではありませんか。リーシャ様がお待ちだと分かっているのですから、早めに連絡すると思いますよ」

揶揄われているのかちょっと迷うところだけど、ロザリモンド嬢は頬に手を当てて不思議そうに言ったので、本当に疑問に思っているようだ。

旦那様は仕事は早いし、大体どれくらいで時間で仕事が片付くか目算できる人だ。

そのため、こんなギリギリに知らせてくるということは、本当に帰ってくるギリギリに何かあったに違いない。

そして、ロザリモンド嬢の言う通り、一応わたしが待っていると分かっているから、きっと仕事が終わらなそうだったら連絡はすぐにくると思う。

少なくとも、いつもならすでに夕食の時間になっている時間帯まで連絡がこないなんて事はない。

「仕事人間ですから、時間も忘れて仕事していたかもしれませんね」

わたしはおどけたように言った。

すると、ロザリモンド嬢は微かに笑う。

「確かにその通りかもしれません。それか、皇太子殿下と久しぶりに晩餐を共にしているかもしれませんね」

「ご友人なんですよね？」

「友人というか、幼馴染に近いのではないかと思いますわ。身分的に、皇太子殿下に最も近い方ですし、何かあったら側近以外で最も相談しやすい相手かと思います」

旦那様と皇太子殿下の関係は、世間一般的な知識しかないけど、どうやらそれは間違いではないらしい。

少なくとも、ロザリモンド嬢の言っていることはわたしでも知っている。

「そういえば、お2人の年齢が近いということは皇帝陛下とアンドレ様も友人関係なのでしょうか？」

旦那様世代はともかく、親世代のことはよく知らない。

なにせ、わたしが社交界にデビューした頃には、旦那様は公爵位を継いでいて、アンドレ様はすでに引退して社交界から身を引いていた。

「わたくしの主観で申し上げるのでしたら、皇帝陛下とアンドレ様はそこまで親しい関係ではなかった気がします。年は近いですが、共に机を並べて学んでいたという話は聞きませんし……。むしろわたくしのお父様との方が親しかったと聞いたことがあります。お父様の妄言でなければ、ですけど」

ロザリモンド嬢の父親といえば、旦那様の命を狙って次期リンドベルド公爵を狙っていた人という記憶しかない。

ロザリモンド嬢も家族のために死ね、という態度の父親と兄に辟易して家を出てきた。

ロザリモンド嬢のお父様と親しいと思うと、皇帝陛下が非常に厄介そうな人に思えてくるんだけど……。

実際、皇女殿下の対応に関しては甘い厄介な親というイメージが強い。国政に関しては悪い噂を聞かないので、そこはまともな君主で良かったと思う。

「ですが、皇帝陛下とアンドレ様が不仲という話もわたくしは聞きませんわ。もともと、アンドレ様は中継ぎの当主という役割があったので、皇帝陛下はあまり親しくする必要がなかったのかもしれませんが」

中継ぎということは、次代の当主次第でいくらでも情勢が変わる。ゆえに、他の貴族からも遠巻きにされている方が多かったのではないかと、ロザリモンド嬢が言う。

アンドレ様はリンドベルド公爵家直系とはいえ、周囲からの待遇や評価、関わりはあまり良いものではなかった。普通なら、絶対いじけそうだ。それなのによく不満もなく言われた道を素直に歩んだなと思う。

「まあ、今代はともかく、次代で仲がいいのなら特に心配はないですわね。いくらリンドベルド公爵家とはいえ皇族に睨まれたままでは、あまり心象はよろしくないでしょうから」

今はともかく、未来で大きな厄介ごとになりかねない。

仲がこじれたまま未来を進めば、そのうち内乱とか起きそうだ。それだけの力をリンドベルド公爵家は持っているので、皇族も疑心暗鬼になる。

お互いへの猜疑《さいぎ》心は、争いの火種を生む可能性があった。他国につけ入る隙を与えることにもなるので、平和的に解決してほしいものだ。

「そうそう、アンドレ様といえば今どちらにいらっしゃるのですか？」

「別邸です。隣国から戻ってから、しばらくは皇都にいるとおっしゃったので、こちらでお世話をしようかと思いましたら、アンドレ様が嫌がりまして……」

なんでも、旦那様の監視付きでギスギスしている皇都邸宅は嫌らしく、ある程度自由のある別邸の方がいいと言い張った。

旦那様も、好き好んで父親と過ごしたいと思っていないようで、あっさりと認めていた。

「気を利かせてくれたのかもしれませんね」

「どういう意味ですか？」

「クロード様はアンドレ様に対しては少々神経質になります。アンドレ様も気付いていらっしゃいますが、ご本人はクロード様にどのような態度を取られようと、なんとも思わないでしょう」

旦那様の嫌味を笑って躱している姿が容易に想像できる。それに対して、旦那様の言葉がさらに鋭さを増す姿も。

そうなったら一番の被害者ってディエゴじゃないかなぁ……。旦那様と仕事で一番関わっているし。

そう思っていると、ロザリモンド嬢がわたしをじっと見た。

「ですがそうなると、邸宅内はとっても居心地悪くなると思います。最も被害を被るのは、この邸宅の女主人であるリーシャ様ですわ」

「わたし？」

「夫と義父が言い争っていても、リーシャ様は2人の関係に対して宥めるのが難しいのではないでしょうか？」

ロザリモンド嬢の言う通り。

たしかに、2人の仲をどうにか取り持つなんてこと、わたしにはできない。寒々とした邸宅の様子が目に浮かぶようだ。

言われればその通りだわ。ディエゴも被害を受けるかもしれないけど、わたしもギスギスした邸宅にいたくない。

「アンドレ様もそれを分かっていらっしゃるから、わざわざ住まいを分けたのかと。最も、クロード様の干渉を嫌がったのは大きいと思いますけど」

数日共に過ごして分かったけど、アンドレ様は悪い人じゃない。

悪い人じゃないけど、旦那様に対しては少々神経を逆なでするような行動をとる人だとは思う。

「根本的に合わないお2人ですから、仕方がないかもしれませんね」

おそらく、育て方の違いもあるのだと思う。

初めからもしものときの中継ぎとして育てられた息子と次期当主として厳しく教育された孫。

心構えが異なれば、お互いの考え方も違って当たり前。

本来ならば、当主になった際に最も頼れる存在であるはずの父親が頼れないとなれば、旦那様は相当苦労したはずだ。いろいろと。

それは結婚当初を思い返せば事実だ。

仕事が好きなのは間違いないと思うけど、それでも寝る間も惜しんでいたのは、頼れる相手がいなかったからだ。

「仲良くしてほしいと思うのは、思い上がりですわよね。わたくしやリーシャ様の父親よりも、よほど良い父親だと思いますが」

比較対象者があまりにもひどすぎて、どう答えていいのかわかりませんよ、ロザリモンド嬢！

わたしは苦笑いで誤魔化した。

「どんなに親子の縁をきりたくても、それはとても難しいことです」

ロザリモンド嬢がしみじみと困ったように言う。どうやら、何かあったようだ。

「ご実家に何かありましたか？」

ロザリモンド嬢がカトラリーを置いてふうと息を吐いた。

「わたくし、家を出るときに縁を切るつもりで家を出ました。ですが、どうやら父はいろいろと納得していないようでして、つい先日知り合いの貴族経由で手紙が届きましたわ」

それは知らなかった。

旦那様は知っていたのかもしれないけど、手紙を受け取ってどうするかは、ロザリモンド嬢が決めること。親族とはいえ、家族の仲に関しては旦那様も立ち入れない。

「端的にいえば、家に戻ってこいということですが、絶対にお断りです」

きっぱりとロザリモンド嬢が言った。

今までされてきたことを考えれば、戻る選択肢は一切ないと不愉快そうだ。

そもそも、家を出てすぐに戻ってこいと言うならともかく、今更言われても、何か企んでいるようにしか思えない。

冷却期間と考えられなくもないけど、ロザリモンド嬢曰く自分に対してそんな配慮をするような人たちではないとのことだ。

「クロード様にも相談してありますので、もし実家が何か企んでいたとしてもきっとクロード様が先に彼らの悪だくみを潰してくれることでしょう」

ロザリモンド嬢が晴れやかに微笑んだ。

確かに、旦那様に任せておけば問題はないか。監視の1人や2人はつけていそうだしね。

旦那様に任せておけば大丈夫、そんな安心感があり、ロザリモンド嬢のそれ以上実家に関して何も言わなかった。

わたし自身もロザリモンド嬢の実家に関して首を突っ込むようなことはしない。

ロザリモンド嬢と彼女の実家の関係は面白い話でもないし、ロザリモンド嬢がすでに終わったことだと判断しているのだ。わたしがあれこれ気を揉むこともない。

「クロード様はなんだかんだ言っても頼られるときちんと対応してくださいますので、助かりますわ」

あ、それは断る方が面倒だから……とか思っていそうだわ。

旦那様のロザリモンド嬢への対応を考えて、誤魔化すように笑うしかなかった。


何かが起こるときはいつだって唐突だ。

つい最近で言えば、アンドレ様がやってきたときなんかだ。

そして、今日もまたそれは本当に前触れもなくやってきた。

まだわたしの起床時間よりもだいぶ前。

朝日が昇って下働きの者が働き出す、そんな時間に慌ただしい足音と同じくらい強いノックの音に身体を起こす。

返事をするよりも先に駆け込んできたのは、ミシェルだった。

顔つきがいつも以上に険しく、何かあったのが一目で分かる。

「リーシャ様！」

「ミシェル、何かあったの？」

こんな慌てているミシェルは初めて見る。どんな時でも冷静なミシェルからは考えられない。

起き抜けでまだ頭がきちんと回り出していないわたしに、ミシェルが衝撃をもたらした。

「今、正門に国軍が来ているんです！　クロード様が謀反の疑いをかけられたと!!」

「え？」

意味が分からず固まっていると、ミシェルがさらに現在の状況を説明する。

「今、リンドベルド公爵家の騎士とラグナートさんが押しとどめていますが、押し通されるのは時間の問題です！」

さすがに目が覚めた。


急いで着替えて表に出る。

国軍相手によく持ちこたえている騎士たちの前に出ると、公爵邸の門前に高圧的に並んでいる国軍と対峙する。

もちろん、国軍——つまり国に対して敵対する意思はないけど、証拠もないのに犯罪者扱いされ、それを許容することはできない。

ましてや、リンドベルド公爵家は弱小貴族ではないのだ。国軍だろうと好き勝手相手の言いなりになることは、今後リンドベルド公爵家の影響力を落とすことになる。

とはいえ、旦那様がいないこの状況を一人で乗り切れる自信がない。しかし、旦那様がいないこの場合、わたしが当主夫人としてこの家を守る義務があるのだ。

門前に駆けつけると、まるで一触即発のような雰囲気に自然と身体が強張ってくる。

別に生き死にが関係しているわけではないけど、二つの空気感に圧倒されそうになった。

わたしが到着すると、この邸宅を守るリンドベルド公爵家の騎士が道を譲る。そして、わたしを守るように動いた。

その騎士の一番前には、ラグナート。

堂々としていて、正直わたしなんかよりもよほど主人らしい気がした。

「ラグナート、なんの騒ぎ？」

とりあえず、無知なふりしてこの状況を把握する女主人を演じてみた。凛々しくではなく、どちらかと言えば初々しい感じで。

向こうがわたしを無知でバカな小娘だと思って、油断してくれるとありがたい。

実際、わたしが姿を現すと、指揮官らしき馬に乗った人物は明らかにこちらを見下してきた。じろじろと全身を眺めて、口角を上げげた。実に不愉快な笑みだ。

先ほどまではどちらかと言えば、ラグナートに気圧されているようにも見えたけど、どうやら交渉相手がわたしに変わり、御しやすい相手だと思われたようだ。

なるほど？　ラグナートは怖いけど、わたしは怖くないってことね。リンドベルド公爵夫人として敬う気もなし、ということですか。

「それで、これはどういうこと？」

再度ラグナートに聞くと、ラグナートが答えるより先に、相手がふんとせせら笑って言った。

「これはこれはリンドベルド公爵夫人ではございませんか！　この状況をご理解いただけていないと見えますな」

そりゃそうだ。なにせ、今起きたばかりだからね。謀反がどうのこうのというのは聞いてるけど、詳しくお聞かせ願いたいものですね。

「ラグナート？」

静かにこの状況に対して説明を求めた。相手に説明を求めても無駄だと判断して。

「私どもも詳しくは。ただ、旦那様が謀反の疑いで皇城に捕らえられているとのことです。そしてこちらの方々は、リンドベルド公爵邸を捜査するために派遣されたようです」

さすがというか、肝が据わっているというか。この状況でもラグナートは実に冷静に端的に説明してくれた。

「その通りです、リンドベルド公爵夫人。現在、リンドベルド公爵家は謀反の疑いがかけられているのです。そのため、潔白を証明したくば、我々の捜査に協力することをお勧めいたしますよ。もし、このまま我々を拒絶するとなれば、リンドベルド公爵家の立場はますます悪くなるかと思います」

威圧的というよりも、小物が精一杯の虚勢を張っているようにしか聞こえないのは不思議だ。自分たちが上位の存在だとでも示したいのだろう。

本来ならば、まだ犯罪者と決まったわけではないので、あちらが身分的にも立場的にも下ではある。

捜査に協力してほしいのなら、それなりの態度があるはずだ。

まあ、許可する気はないけど。

旦那様がいない以上、現在この邸宅に対して最も権限のあるのは妻であるわたしだ。

弱みを見せず、毅然《きぜん》とした態度で挑むのは基本だ。にこりと堂々と胸を張って笑みを浮かべる。

「大変申し訳ありません」

「つまりは、捜査に協力するということですか?」

謝罪をするわたしに、指揮官の男がにやにやと笑う。ラグナートが国軍の捜査に非協力的な態度をとったことを謝罪したように思ったらしい。

その笑みを見るだけでも、邸宅内に入れたらそれこそ相手の思うツボなのは感じた。

「いいえ、違いますわ。捜査に協力できないという謝罪です」

「なんですと?」

「考えてみればおかしいことだらけではありませんか。あなた方は本当に国軍なのですか?」

いつの間にか、わたしの隣にレーツェルがいた。

柔らかでいつまでも撫でていたくなる毛をゆっくりと撫でた。大型の獣の登場に、相手が少しだけ怯む。

レーツェルだけでなく、相手に対して明らかな敵意をむき出しにしているのは、普段なら邸宅で自由奔放にいつもなら過ごしているヴァンクーリたち。

彼らがそこら中からこちらの様子を窺っているのが分かる。それに少しだけ力づけられた。

だけど、こちらから先に手を出せば、相手に理由を与えることになる。わたしはヴァンクーリたちに大人しくしているように声をかけた。これで、ヴァンクーリが襲うことはない。

よほどのことがない限り。

「なんだと？」

ちょっと声が裏返ってるので、威厳も何も感じない。

リンドベルド公爵家が皇族に対して謀反を計画しているという馬鹿げた話。誰よりもこの国に対して誠実だというのは、わたしでさえ知っている。さらには、あまりにもタイミングの良い旦那様の不在。

「正式に派遣された軍人です。我々が派遣されたということは、それだけ大事《おおごと》になっているということです」

「まるですでに犯罪が確定しているかのような扱いですね。証拠もなくリンドベルド公爵家に押し入ろうとすると言うことは、皇族との仲を拗れさせる原因になると思いますが、どうお考えですか？」

これは皇族からの指示なのか、それともリンドベルド公爵家を陥れたいどっかの貴族の陰謀なのかで対応も違う。

もし本当に謀反の疑いがあったとしても、重鎮クラスの場合はよほどの証拠がない限りは国軍を動かすことはない。もし仮にこれで間違いであった場合、いろいろと大問題に発展する可能性があるからだ。

なにせ、国のために尽くしてきた貴族を疑うわけなのだから、それ相応の覚悟が必要になる。独裁制ではないために、皇帝陛下だって慎重になる案件なのは間違いない。

「犯罪者とは言っておりません。ただ、疑いがあるので調査協力を求めているだけです。もちろん、我々とてリンドベルド公爵家を心からは疑ってはおりません。しかしながら、謀反となれば調べるのが我々の務めなのはご理解いただけますね？」

「ええ、お役目に忠実なのは良いことですね。ですが、この敷地内に足を踏み入れることは許可できません。我がリンドベルド公爵家は皇族にも近しい一族。知られては困るようなことも数多くございます。それこそ、国の根幹にかかわることまで。皇族ならばともかく、ただの軍人が知っていいことではありません」

もし調べたいのなら、皇帝陛下の許可をとってからお願いしますと言えば、指揮官らしき軍

人の手が震えていた。

ものすごく分かりやすい人だけど、こんなのが国軍の指揮官で大丈夫なんだろうかと、ちょっと心配になる。

「私がただの軍人だと？　私はそこらにいる下っ端とはわけが違う!!」

え？　怒るところは、そこなの!?　いや、確かに下っ端扱いしたけどさ、ちょっとした嫌味の一つじゃない？　それに一々腹立ててたら貴族社会で腹芸なんてできないでしょ!?

どうやら、自分にとても自信のある方のようで、ただの軍人扱いされたことに非常に腹が立っているご様子だけど、だけどだよ？　朝にいきなり押しかけられたら、言うでしょう？　普通。嫌味くらいさ。そこは笑って流しましょうよ。それに、あなたの身分に対して侮辱したわけじゃないんだけど。あなたは皇族じゃないでしょう？　っていう純粋な返しだったんだけど……。

「どうやら、頭がおかしい女というのは間違いないようだな。鈍い女に理解させるのは難しいと判断した。さらに、我々の調査を妨害するのはやましいことがあるからに違いない！　全員、この者たちを捕らえよ！　謀反を企んでいる犯罪者どもだ!!」

彼の後ろの騎士たちには戸惑いが見えた。

さすがに、実力行使をするとは思っていなかったらしい。そもそも、リンドベルド公爵家が本気で謀反を企んでいるとは思っておらず、形だけの調査、もしくは話し合いで解決すると考えていたようだ。

しかし、軍において上司の命令は絶対だ。

彼らは仕方なさそうに、前に進む。そして、固く閉じられている門を押し開けようとした。

こちらの騎士も身構えた、そのとき、場違いなほどに軽い口調がわたしたちの後ろから聞こえてきた。

「これは、話を聞いて飛んできたけど困った状況だね」

その声の主に驚いて、わたしが後ろを向く。

すると、そこにはリンドベルド公爵家特有の色を持つ人物がゆっくりとこちらにやってきた。

「アンドレ様……」

「クロードも拘束されていると聞いて、心配になって来てみたけど、これはちょっと問題あるね」

ちょっと問題があるどころではありませんよ……。

アンドレ様の軽い口調と苦笑に、気が抜ける。

「さてさて、実力行使に出る前にいろいろと明らかにするべきことはあるだろう？　頭に血が上っている指揮官によって、ここにいる国軍全員が処罰を受けることを私は望んでいないよ」

相手に軽く見られているわたしではなく、アンドレ様が前に出たことによって、上官命令だから仕方がないといった雰囲気から、これはまずい状況だという認識に変わった。

わたし一人ならば、力づくでどうにでもなるけど、アンドレ様相手ではそうはいかないという意識に切り替わる。

指揮官もアンドレ様の登場で強引さがなりをひそめた。

「一体、どうやってこちらまで？」

「表は封鎖されていても、邸宅の中に入るくらいはできるよ。ちなみに、どうやって来たかは企業秘密さ。そのうちリーシャも知ることになるとは思うけどね」

ああ、隠し通路ってやつですか。

ほとんどの貴族の家には脱出用の通路がある。それを使ってここまで来たらしい。

「でも、今は私がどうやって来たかよりも重要なことがあると思うね。クロードが謀反の疑いで拘束されているって？　証拠は？　それに対して皇帝陛下はどう思っているんだい？」

「匿名で情報が寄せられました。そちらを精査した結果、その情報がかなり現実味を帯びていたので、リンドベルド公爵を一時的に拘束させていただいただけです。もちろん、今の時点では疑いということで、拘束と言っても貴族としての尊厳を維持したままの拘束です。一刻も早く疑いを晴らしたいのでしたら、この門を開け我々に協力することが近道です」

さっさと開けろと要求する相手に、アンドレ様が何事か考え答えた。

「うーん、つまり今のところ証拠はないということでいいのな？」

アンドレ様が穏やかに聞き返す。

「真偽を問うためにも、邸宅内の調査は行わせていただきます」

「リーシャも言っていたけど、それは許可できないね」

どこから聞いていたのか分からないけど、アンドレ様も協力を却下した。

「それで、ますます疑いが深まりますな？　この件を憂いて早急な解決を望まれている第二皇子ルドヴァーシ殿下のご配慮も理解できぬとは」

「おやおや、謀反などという大それた事件に対して指揮をとっているのが第二皇子とは、なかなかおかしなことだね。リンドベルド公爵家が謀反の疑いをかけられていて動いているのが皇帝陛下でも皇太子殿下でもなく第二皇子なのはなぜなのか、ぜひ聞きたいところだ」

この件を指揮しているのが、第二皇子殿下であるルドヴァーシ殿下だということをわたしは今知った。

アンドレ様の言う通り、リンドベルド公爵家への疑いに対して動いているのが国のトップではないのは不思議だ。

慎重に動かなければ、リンドベルド公爵家と決別する可能性があるのだから、かなりの重大案件になる。それこそ、皇帝陛下自身で動くほどに。

「陛下は穏便に済ませたいご希望です。ゆえに、皇太子殿下ではなくルドヴァーシ殿下に命令をくだしたのですが、それがおかしいと？」

「とってもね。そもそも、狂言の可能性もある情報提供に関して、本当にきちんと精査したのかね？　それなら、ぜひともそれを教えて欲しいものだ。まるでこちらがはじめから謀反を企んでいるかのように決めつけ邸宅内を捜査させろとは、リンドベルド公爵家も軽く見られたものだ。クロードだってきっと許可しないだろうね。穏便？　すでに穏便に済むような状況ではないだろう？」

軍を率いてきた時点で、穏便とは程遠いとアンドレ様が不愉快そうに言った。

「リンドベルド公爵家に謀反の疑いをかけるのであれば、明確な証拠を提示したまえ。さらにいえば、皇帝陛下の勅命書も持ってくるといい。そこまですれば、こちらも素直に応じよう。リンドベルド公爵家とことを構えたくないのならば、最低限の体裁は整えて出直すんだね」

アンドレ様は一歩も譲らず、立ちはだかっている。

言っていることはアンドレ様の方が正しく、相手側に正当性がないためか、向こうも歯噛みしながらアンドレ様を睨んでいた。

「リンドベルド公爵家への疑いが、ますます深まりますぞ」

「疑いだけなのに、まるで犯罪者のように扱われるのは我慢できないね。我がリンドベルド公爵家を侮辱している。皇族が建国以来の忠臣であるリンドベルド公爵家を軽く見ているというならば、こちらとてそれ相応の対応をせざるを得ないなぁ」

アンドレ様は始終にこやかに応酬しているけど、相手は苦々しく目を吊り上げていた。

果たしてこの場合、どちらの言葉の方が脅しになるのだろうか。

「さて、じゃあ話は終わりかな？　見送りは必要ないよね」

客でもないし、そもそも敷地内に入っていないのだから、見送りは必要ない。

アンドレ様はわたしの背を押して、歩き出す。

そして、数歩進むと思い出したかのように、門前払いした指揮官にアンドレ様が言う。

「ああそうだ。次来るときは、もっと人手を集めてきた方がいいよ。君の家のようにささやかな広さならともかく、リンドベルド公爵邸はかなりの広大だ。その人数では調査しきれないと思うよ」

相手がアンドレ様を射殺しそうなほどの殺意を込めて睨む。

しかし、それをなんとも思っていないのか、気にするそぶりもなく、ひらりと手を振り邸わたしを促して宅内に入った。

邸宅内に入ると、自分の領域内に戻ってきたように身体から力が抜けた。

どんな裏事情があるのか知らないけど、弱気になるのが一番ダメだと思えば、気を張って応対するしかない。

しかし、まだまだ若輩のわたしでは、おそらく最後まで足止めすることはできなかった。

強行すれば、それを止める手段が思いつかない。

武力での解決は今後を思えば望ましくないし、相手につけ入る隙を与えることになってしまう。

アンドレ様が来てくれて本当に助かった……。

そう思うのはきっとわたしだけじゃない。

「大丈夫かな？」

「あ……はい。わたしは特に」

「ああいう強引な手合いは、得てして正当性がないことが多いから無視しても大丈夫だよ。少なくとも、正当性もないのにリンドベルド公爵家の敷地内で暴れるのならば、こちらも正式に抗議できるから」

「それは、そうですが……」

とはいえ、抗議を入れるのは当主である旦那様だ。

その旦那様が何らかの事情で皇城に拘束されているのだから、こちらの立場は明らかに弱くなる。

「ありがとうございます。とても助かりました」

「礼には及ばないよ。嫁を守るのは義父の務めさ」

ポンと肩を叩かれて、アンドレ様は勝手知ったる邸宅内に入っていく。

「慌てて出てきたからまだ朝食食べていないんだけど、私の分をお願いできるかな？」

「はい、もちろんです」

にこりと微笑み、わたしはラグナートに指示を出す。ラグナートも心得ているようで、すぐに使用人に仕事を振っていく。

しっかりと教育された使用人は、無駄口を叩くことなく、それぞれの仕事に戻っていく。ようやく落ち着いた空気になった。

「リーシャ様、大丈夫ですか？」

「今のところは。だけど、何が起こっているのかさっぱりだから、どう対応していいのか分からないわ」

「アンドレ様は、何かご存じな感じですよね？」

「そう思う？」

「別邸から駆け付けるのが少々早い気がしますけど」

別邸まではそこまで離れているわけではないけど、それでも到着がだいぶ早い感じはしていた。

さっきは突然のことで何も思わなかったけど、冷静になればミシェルの言う通りだ。

「その辺の事情も朝食の席で聞けるといいんですけど」

というか、食事が喉を通る気がしない。いろいろと不確定要素が多すぎて。

「リーシャ様、お疲れさまでした。朝早くから困った方々が来たようですが、とても毅然とした態度で素晴らしかったです」

ロザリモンド嬢がそっと手を握って支えてくれた。

いつの間にか、離れからこちらにやってきていたロザリモンド嬢は、労わるような笑みを浮かべた。

「わたしではなく、アンドレ様のおかげです。わたしは何もできませんでした」

「そんなことありませんよ。すぐに邸宅内に踏み込ませず時間を稼いだではありませんか。普通、怖くて言いなりになってもおかしくありませんもの」

怖いというよりも、困惑の方が大きくどうにかしなければという思いだけしかなかった。

毅然とした態度に見えたということは少しうれしいけど、最終的には相手に侮られて押し切られそうになった。

「これからアンドレ様と朝食をとるのですが、ロザリモンド嬢も同席されますか？」

アンドレ様と2人きりという状況よりかは、少しでも今後を考える相手が欲しい。

「ええ、ぜひとも小父様が何を考えているのか知りたいですわ。皇族に対抗できる手段を持っているのは、現段階では小父様だけですもの」

すでに引退しているとは言っても、前リンドベルド公爵だ。中継ぎの当主だったとはいえそれなりに伝手はあるのだとロザリモンド嬢は言う。

人脈に関して完全に終わっているわたしでは、情報量や取れるべき手段が圧倒的に違う。

「わたくしも親族としていろいろ教えていただけることがあるのならば、ぜひお伺いしたいですね。もし仮にリンドベルド公爵家が取り潰しにあうとなれば、わたくしもどうなるか分かりませんもの」

不吉なことを口にしつつ、ロザリモンド嬢がため息を吐いた。

なにせ、実家と縁を切っているとはいっても実際はまだ完全に切れていない。辺境伯家はリンドベルド公爵家の親族であるため、リンドベルド公爵家に何かあれば巻き込まれる可能性があり、その娘であるロザリモンド嬢もただでは済まない。

「参りましょうか、リーシャ様」

2人揃って食堂に向かうと、すでにアンドレ様が席についている。

わたしの席だけではなく、ロザリモンド嬢の席も準備されていた。

「食べられるときに食べておくのは基本中の基本だよ」

食欲がなさそうなわたしに対してアンドレ様が言った。

今でこそ戦争のような争いごとはなりを潜めているけど、リンドベルド公爵家は最も最前線で戦ってきた家柄。

そのため、食事や休息などはとれるときに取るといった考えがある。

「アンドレ様、わたくしも同席しますが問題ありませんよね？」

「もちろんさ。むしろ、いろいろ聞きたいのはこちらだよ、ロザリモンド」

どういう意味だろう？　いろいろ聞きたいことがあるって……。

「あら、もしかして何かご存じなのでしょうか？」

「引退しているとはいえ、これでもいろいろと伝手はあるからねぇ」

三人が席に着くと、すぐに食事が並んでいく。

アンドレ様は早速と言わんばかりに、カトラリーを手に取り優雅に食べていく。

それに倣ってわたしとロザリモンド嬢もカトラリーを手に取った。

「今回のことは完全に後手に回ったとしか言いようがないね。クロードにしては珍しいことだなぁ」

先に情報を掴み、その企みを潰すことをするのが旦那様だ。

それなのに、完全に後手になっているのは正直不思議で仕方がない。

「でも、今日は本当に大変な目にあったね。まさか、早朝から押しかけてくるなんて私も驚いたよ」

「大変だったねで済むことではございませんわ、本当に皇族《あちら》は公爵家《こちら》と戦争でもしたいのでしょうか？」

不満そうにロザリモンド嬢が言うと、アンドレ様が肩をすくめた。

「そんなことになったら、国が消えてなくなるかもね」

恐ろしいことをさらりと言わないでください！

それが真実味を増すような話なので、わたしは口を挟むこともできない。

「まあ、今回に限って言えばあちらの問題というよりも、こちらの手落ちでもあるんだけど」

アンドレ様は、落ち着いた調子でそういった。

つまり、様々な原因がある中で、こちらにもその原因の一端があるということだ。だからと言って、突然当主を拘束というか、軟禁されているこちら側としては納得しがたいものがあった。

アンドレ様は、食後のお茶を飲み干しながら、ロザリモンド嬢に顔を向けた。

「今回のことはね、おおざっぱに言えばこちら側の騒動が皇族に飛び火しただけなんだよ」
意味が分からず、わたしとロザリモンド嬢が顔を見合わせた。わたしたちの様子に、アンドレ様が深々とため息をつく。

「くすぶっていた火種が脅威にならないだろうと放置していたクロードが悪いというか、甘い対応で逆にこじらせたというか、なんと言っていいのかな？」

「どういう意味ですの？」

「南部に喧嘩売ったんでしょう、クロードは。嫁可愛さに、かなり追い詰めたと聞いたけど？」

え？　どういうこと？　とアンドレ様を凝視すると、ロザリモンド嬢が今度は頭を抱えるように額に手を当てた。

「ええ、ええ。なんとなく理解しましたわ。それに伴い、わたくしに来た手紙の意味も」

南部と言えば、ロザリモンド嬢の実家と結びつきの多い家門が多くある。そして、ロザリモンド嬢の実家も国の南部地方だ。さらに、ロザリモンド嬢に来た手紙というのは、昨夜教えてくれた話に繋がっていく。

「つまり、お家騒動の続きというか、鎮火していなかった火の粉が舞い上がったってことさ」

なんてことないようにアンドレ様が言った。

確かにリンドベルド公爵家の本拠地に行った際に、旦那様は南部派閥の家臣に対して警告していた。

それによって発言力が小さくなり、大人しくなったと思っていたけど、どうやら南部派閥の家臣やひいてはロザリモンド嬢の実家に相当な圧力をかけたらしい。

その事実はわたしの知らない話だった。

しかし、ロザリモンド嬢はすぐに納得していたので、おそらく知っているのだ。

「つまり、謀反の話はわたくしの父親が企んだってことですか？」

「さぁ？　そこまでは知らないけど、少なくとも第二皇子殿下と君の兄上がとても親しく付き合っているというのは、ここ最近ではよく知られた事実だよ」

ああ、なんか分かってきた。

つまり、いつだか知らないけど旦那様がロザリモンド嬢の実家であるランブルレーテ辺境伯家に対して制裁を課し、その恨みからこの事態に繋がったということだ。

しかし、なぜ第二皇子殿下がしゃしゃり出てきたのかよく分からない。

もしこの件が大事になった場合、皇族だって無事じゃすまないはず——……。

そこまで考えて、嫌な予感がよぎる。

そして、思わず呟いていた。

「第二皇子殿下は、皇太子の皇帝陛下の座を望んでいる？」

もし仮にだ、本当にリンドベルド公爵家が謀反の疑いで処刑されるとして、今までリンドベルド公爵家を重用してきた皇族も貴族からの突き上げがくるはずだ。

なにせ、この家には様々な特権が許されているのだから。

許した結果、こんな国を揺らぐような大事件が起こったと言われれば、皇族だって沈黙するほかない。

しかし、この件を率先して収めたらどうか。

自ら起こした悲劇を自ら食い止めたとして、最低限の被害で収まる。ただし、皇帝陛下は退位させられ次代へと代わりはするだろう。

そのとき、誰が最も功績を上げたかで、次代の皇帝陛下の座は変わる。

そして、現時点でリンドベルド公爵家に対して毅然と立ち向かっているのは第二皇子殿下だ。

だけど、ここでさらに疑問がわく。

「なぜ今更なんでしょうか？」

「それは私には分からないけど、何か心境の変化があったんだろうね」

現皇太子殿下と第二皇子殿下は同母のご兄弟だ。

そして、第一皇子殿下である兄君が皇太子として任命されたときも、ごねることはなくすんなりと決着がついた。

まあ、実際第一皇子殿下は次期皇帝陛下として帝王学を厳しく仕込まれ、そのスペアたる第二皇子殿下はあまり勉学に熱心ではなかったので、この結果は当然といえたけど。

「クロードならば、恨まれるようなことをしていてもおかしくないからねぇ」

「少なくとも、第二皇子殿下とはいさかいが起こるようなことはありませんでした」

わたしが一応反論しておくと、アンドレ様が苦笑した。

「知らぬは本人ばかりなり、って言葉があるくらいだ。何もしていなくとも恨まれることはよくあるさ」

そんなよくわからない恨みでこんなことになったと思うと、何に対して怒りをぶつければいいのか分からない。

いや、最も悪いのはランブルレーテ辺境伯家なんだろうけど、それを言っちゃうと、きっかけを作ったのは旦那様——つまり自業自得となってしまう。

「わたくしの実家のせいで、こんなことになってしまい申し訳ありませんわ。大人しくしていればいいものを、何を勘違いしていらっしゃるのかしら？　恨みを抱くのはクロード様ではないでしょうに。本当に、リーシャ様とクロード様になんと言ってお詫びすればいいのでしょう？」

「お詫びなんて、ロザリモンド嬢が悪いわけではありませんし……」

彼女だって、実家には大層迷惑かけられてきた被害者でもある。

ロザリモンド嬢が関わっていたわけでもないし、恨むことはない。

「手に取るように分かるよ。諸外国を牽制するためにはリンドベルド公爵家を失わせるわけにはいかない。だから、主家筋を処分して自分たちがその座につこうとしているんだろうってね。第二皇子殿下が皇帝陛下になった暁にはそんな密約がありそうだ。実際、もしクロードが亡くなれば、その可能性は高いのだからね」

「そんなことになったら、この国がどこかの国に乗っ取られる未来しか見えませんわ」

ロザリモンド嬢が至極真面目に言った。

そうだね、とアンドレ様もあっさりと頷く。そしてゆったりと口を開いた。

「とりあえず、今言ったことはあくまでもおそらくという私見だよ。誰が仕掛け人かはこの際どうだっていいが、さてどうやってクロードを取り戻すか……」

「謀反の疑い自体が嘘にまみれた虚偽なのですから、すぐに解放されるのではないでしょうか？」

「それはどうかな？　なにせ皇族にとってリンドベルド公爵家は目の上のたんこぶのようなものだ。重用してはいても、力関係でいえば同列。いつ国が乗っ取られてもおかしくないのだから、少しくらい影響力を削ぎたい――くらいのことは考えていそうだ」

そうなると、たとえ虚偽の情報といえどもそう簡単に虚偽であることを立証できないし、旦那様が解放されることは遠のく。

確実な証拠を提示しなければ早期解決は難しいとアンドレ様が言う。

「でもねぇ、こちらからは何もできないのが現状だよ。下手に動けばクロードが危ないしね。穏便にランブルレーテ辺境伯家を探れればいいんだけど、今はそれも無理だから」

親族とはいえ、この状況ではランブルレーテ辺境伯家だって警戒するだろう。

「とりあえず、リーシャは女主人としてしばらくはこの邸宅から出てはだめだよ、危険だしね」

「分かりました」

そう答えるわたしの隣では、ロザリモンド嬢が困ったように眉根を寄せていた。

朝からどことなくいつもと違う邸宅内の雰囲気に、なんてことないような顔をしていつも通り過ごすのは大変疲れる。しかし、使用人の手前弱音を吐き出すことはできない。

使用人には、ラグナートが上手く説明したみたいだけど、やはり当主の不在というのは精神的にくるものがある。だけど、それでも大事になっていないのは、おそらくアンドレ様がいるからだ。

中継ぎの当主だろうと、歴《れっき》とした前当主。その存在は軽いものではない。

その夜、気疲れして早めにベッドに入ろうとしたわたしの元にロザリモンド嬢が現れた。

その顔を見て、愉快な話ではないのはすぐに察した。部屋に招きいれると、ロザリモンド嬢が謝罪を口にする。

「夜分に失礼しますわ」

わたしは彼女に椅子を勧めて、その対面に座った。

「明日、こちらを発ちますので、ご挨拶にと思いまして」

「それは……」

わたしは心のどこかでやはり行くのかと思っていた。

「父の手紙の通りに一度領地に戻ります。いえ、父の言いなりというわけではありませんのよ？領地に戻れば、父の悪事の証拠などもつかめると思いまして」

ニコリと微笑んで、なんてことないようにロザリモンド嬢が言った。

でも、言っていることはかなり危険なことだ。

アンドレ様が今はランブルレーテ辺境伯家の情報はつかみにくいと言っていた。アンドレ様の言葉に踊らされているとは思わない。きっとロザリモンド嬢が自ら決めた。だけど、すんなり分かりました、気を付けてくださいと送り出すことはできなかった。

「ですが、それはかなり危険なことです」

「わたくしは考えなしのところがありますが、それくらいは分かっているつもりです」

「でしたら——」

「ですが、わたくしはこの国の貴族として生まれました。リンドベルド公爵家がどれほど国にとって重要な立ち位置かは、よくよく理解しておりますわ。少なくとも、我が家門よりもはるかに守るべき血筋です」

異なる領主一族でも、国にとって重要なのはどちらなのか考えると、優先順位は明らかだという。

「すでにわたくしの中では結論は出ております。個人的心情では実家とは縁を切っておりますので、迷うこともありませんし、実家の思惑に流されることもありません。わたくしが内情を調べてアンドレ様に情報を流せば、きっとうまく取りまとめてくれることでしょう」

「ですが！」

過去に、肉親に殺されかけているのに、また家に戻ればどうなるか誰にも予測できない。

「危険でも、誰かがやらねばならないことです。クロード様のことですから、きっと我が家に密偵が入り込んでいる気はしますが……それでも後手に回ったのでしたら、信用はできませんもの」

確かに、旦那様なら敵対する他家に対して密偵ぐらい放ちそうだけど……。

しかし、ロザリモンド嬢の言う通りだとしたら、余計に止めなくちゃいけない。

「止めてほしくてご挨拶に伺ったのではありません。勝手にこちらを離れれば、リーシャ様を余計に心配させてしまうかと思いまして、わたくしの覚悟を聞いていただきたくて参りました」

ロザリモンド嬢はすでに心を決めていて、わたしが止めることはできない。

わたしよりも説得が上手そうなミシェルがいたとしても、ロザリモンド嬢の決意を揺るがすことは無理な気がした。

「リーシャ様は、心落ち着けてお待ちください。きっとわたくしが上手く事を収めてみせますから」

本当に、できることはないのかな?

そんな自答自問が渦巻く。

ロザリモンド嬢を危険な場所へ見送って、自分はここでただ待つだけ。

膝の上の手をぎゅっと握った。

「それなら——」

おもむろに、わたしは口を開いた。

「それなら、わたしも一緒に行きます」

ロザリモンド嬢が、目を見開き、浮かべていた笑みを引っ込め、おそらく初めて見る真剣な瞳が射抜くようにわたしに向けられた。

「リンドベルド公爵夫人がすることではございません」

諭すというよりも、叱りつけるような口調だった。

わたしも分かっている。

旦那様がいない以上、リンドベルド公爵家の家門の指揮をとるのはわたしの役目だ。それを放棄するのは、妻として失格だということを。

「もしリーシャ様がするべき仕事を放りだしたと知られたら、それこそ相手に対して攻撃の手段になってしまいます」

「もうすでに、わたしが妻として気構えができていないことは向こうにも伝わっていますよ」

わたしは小さく笑う。アンドレ様がいなければ、国軍を追い払うことができなかった。小さな家門ならば仕方がないと終わるような問題でも、リンドベルド公爵家では簡単に終わるような問題じゃなくなる。

確実な証拠もないのに、好き勝手に邸宅内をかき回されるのは、こちらが相手に対して対等ではなく弱者だと表している。

リンドベルド公爵家は皇族の臣下ではあるけど、ただ唯々《いい》諾々《だくだく》と従うような臣下ではないのだ。

しかし今回の一件で、もし旦那様に何かあれば、容易に好き勝手に扱える家門だと印象づけてしまった。

それは、見せてはいけない弱みだったのに。

「ただ守られているだけの妻ではだめなんです。それはリンドベルド公爵家に仕える家臣への裏切りだと思います。何もできない当主夫人では、きっと彼らは納得しないでしょう。だからこそ、今回の件は自ら解決しなければいけないと思うのです。発端となった事柄の当事者はわたしです。その結果が今なんです」

「リーシャ様に不足などございませんわ。それに、わたくしが思うにクロード様の非が大きいかとも思います」

若輩である自覚はある。経験不足だということも。

だけど、それは周りから見ればただの言い訳でしかない。若くても、家門を守るためにできることはもっとあったはず。

「クロード様に甘えていたのだと、今はとても実感しています。甘えを許したのがクロード様の責めならば、わたしも同罪というものです」

何もしなくていいというのは結婚の条件でもあった。もしこのまま旦那様に対して情などわかずにいたら、自業自得だと思っていたかもしれないけど、今は隣に並べる人になりたいという思いがあった。

「失敗の挽回は自らで行うのが道理というものです。クロード様を助けるために自ら動かなければ、何もできない小娘のままです。ですが、リンドベルド公爵夫人はそれではダメなんです」

おそらく、正しいのはただじっと待っていることだと思う。だけど、何もしていない状況に甘んじてはいられない。

ロザリモンド嬢は小さく息を吐き、頬に手を当て苦笑した。

「立派な建前ですけど、わたくしはやはり反対ですよ」

「それならば、わたしは一人でも成し遂げることになるでしょう」

ちらりと視線を向ければ、ベッドの上で丸くなっているリヒトの姿。

今朝のことを思うと、ヴァンクーリに頼めばきっと一緒に来てくれる。これほど心強い味方はいない。

「ミシェルは絶対に反対すると思いますよ」

「ええ、ですからミシェルには言わないつもりです。嗅ぎつけてくるかもしれませんので、明け方前には出るつもりですよ」

ミシェルなら、何が何でも止めると思う。それが仕事だ。

もしかしたら、今この瞬間に部屋の扉を開けたらミシェルがいるかもしれないけど、わたしは何も言うつもりはない。

「ミシェルに恨まれそうですわね」

「言うおつもりですか？」

「いいえ？　リーシャ様の覚悟を無下にするようなことはいたしませんわ。わたくしも共に参ります。上手く変装すれば、わたくしの侍女として邸宅内に入り込めるでしょう」

わたしはにこりと笑う。

「結婚当初、下女として邸宅内で働いたことがあるんですよ。侍女の仕事ははじめてですが、できないことはないかと思います」

それはぜひ見てみたかったですわ、とロザリモンド嬢が笑った。


明け方、わたしは部屋をこっそり抜け出す。

テラスから、レーツェルに跨り下に降りる。ビックリするくらい静かにレーツェルは地に降りた。

降りる瞬間の浮遊感に身体が一瞬強張る。しかし、レーツェルにしがみついてやり過ごす。

門前には、ロザリモンド嬢のための馬車が準備されている。

途中で合流することになっているけど、それまで一人で行けるか少し怖くなった。

なにせ、一人で行動することは今までほぼなかったからだ。

そんな風に不安に思っていると、レーツェルが自分もいるからとでも言うように、小さくないた。

わたしは、元気付けてくれたレーツェルによろしくねと首元を撫でた。

わたしはレーツェルに乗ってこっそりと皇都を出た。

空はやや明るくなってきているけど、まだだいぶ暗い。貴族の令嬢がやるような行動じゃないし、知られたら評判にも関わるし、余計に迷惑をかけることになる。

分かっていても、今回の件はわたし自身で解決したかった。

いつも守ってもらっているだけで、少しくらいは旦那様のために何かしたくて。

ロザリモンド嬢は、領地の境界線の街で馬車を乗り換えると言っていた。なんでも迎えがきているらしい。そのときに侍女に扮して一緒に向かうことになる。

髪を染める染粉と、侍女服は鞄に詰めて持ってきている。

相手がどれくらいわたしを覚えているか分からないけど、そこまで関わっていないから、化粧次第で誤魔化せるはず。

ロザリモンド嬢は、顔を覚えられてはいないと言っているけど、用心に越したことはない。

改めて考えると、無謀なことこの上ない。

きっとリンドベルド公爵夫人としては最悪な一手なのかもしれないけど、皇都邸には今アンドレ様がいて、わたしが不在でもなんとかしてくれるはず。

少なくとも、役立たずなわたしよりも、よほどうまく邸宅を治めてくれると思う。

結局自分の責任を他者に押し付けている時点で、いろいろと失格なのは自覚している。この件が収まりリンドベルド公爵夫人として不適格だと言われ、離婚することになったとしても、後悔はしない。

言われた宿で待っていると、ロザリモンド嬢が入ってきた。

すると、目を瞬かせわたしの姿に驚いたようだった。

「化けましたわねぇ」

「いろいろと学びましたので」

髪は染粉で茶髪に。目の色はそのままだけど、リンドベルド公爵家のような特殊な色ではないので大丈夫だと思う。

化粧で鼻のあたりに薄くそばかすを散らす。

前髪で目を隠すようにすれば、親しい人でもすぐには分からないだろう。実際、ロザリモンド嬢も若干悩んでいた。

「これなら大丈夫ですわ。主従が逆転するようで、ちょっと楽しいですわね」

楽しいかどうかはともかくとして、ロザリモンド嬢からは変装に対し合格をもらった。

「実家からの馬車がついていましてよ。リンドベルド公爵家の使用人を御者とは言え領地内に入れたくないというのは、かなり不穏ですわね」

初めは、リンドベルド公爵家の馬車で実家まで送ってもらう予定だったけど、ここに迎えをよこすので待つように言われたらしい。

その時点でかなり怪しんでいた事柄が、真実に近いほど現実味を帯びた。

「迎えは到着しているんですか？」

「ええ、運悪く町の入り口で鉢合わせてしまって。本来なら乗り換えるだけでしたけど、少し休みたいと我儘を言いましたわ」

それは申し訳ありません……。わたしを迎えにきてくれたということですね。

「ありがとうございます、お手間をおかけしました」

「これくらいはどうってことないですわ。使用人は昔からわたくしの我儘には慣れておりますもの」

それはどう答えていいのか分からず、曖昧に微笑んだ。自分の好きなように動くロザリモンド嬢ならば、きっと使用人も振り回されていたに違いない。

「さて、では参りましょうか。ご覚悟は決まりまして？」

「もちろんです、ロザリモンドお嬢様」

結構、と頷くとロザリモンド嬢の後ろから宿を出る。レーツェルは近くに身を潜めて隠れているように言ったので、上手く隠れてついてきてくれるはずだ。

町の入り口では、リンドベルド公爵家の馬車はすでになく、辺境伯家の馬車だけが待っていた。そういえば、休みたいと言ったロザリモンド嬢に誰一人ついてきてなかったなと思い出し、馬車の側にいる使用人を眺める。

御者は、暇そうにしているし、おそらく護衛の騎士と思われる人物も、つまらなそうにして、大あくびをしていた。勤務態度に難があって、少しだけ顔をしかめた。

なんとも質の悪い御者と騎士だ。

2人の態度でロザリモンド嬢がどれだけ家族に対して軽んじられているか分かった。

「あ、お嬢様。お戻りですか？　早く戻らないと旦那様からおしかりを受けるのですけどね」

「あら、それなら仕方がないわね。わたくしの身体のことさえ満足に気遣えないのですから、罰を受けてくださいませ」

相手のことなど一切考慮せず、ロザリモンド嬢がきっぱりと言った。

時間が押しているのは自分のせいではなく、余裕を持って迎えにこない方が悪いと。まあ、勤務態度を見ていると、辺境伯に罰せられても同情はできないな。

ロザリモンド嬢の切り返しに、騎士の方が不満そうに小さく舌打ちした。誰のせいで押してるんだと思ってるんだよ、とでも言いたげだ。

でも、さすがにそこまでは口にしなかった。だけど、すでに態度が主家のお嬢様に対して無礼すぎるほどだ。こんな調子では、ロザリモンド嬢だって庇いたくはないだろう。庇う必要性も感じない。

「ところで、お嬢様。そちらはどなたですか？」

「わたくしの侍女です。リンドベルド公爵家の方をわたくしが使うことは許されませんもの。自分で選んで雇いました。1泊くらいは休む時間があるかと思いまして、先に町に向かわせて宿の手配などをお願いしてましたの。まさか、こんなに早く迎えがくるとは思っていなかったんですもの」

本来なら、休憩をはさむのが普通だ。馬車に乗っているだけとはいえ、とても疲れるのだ。

「旦那様は見ず知らずの人間を館に入れたいとは思いませんよ」

「それこそ知ったことではございません。もしダメだというならば、その場でリンドベルド公爵家に戻るだけですわ」

譲る気がないロザリモンド嬢は、自分の意見をきっぱりと口にする。そして、そのほとんどが本音なので、相手は疑うことはしない。ロザリモンド嬢のことをよく分かっているようだ。

普通は、それがハッタリや脅し文句だと思うのに、すんなりと納得の色を見せた。同時に面倒だなっていう気配も。

「それにこの問題に関しては、あなたが判断すべきことではないということですわ。分かったならば扉をお開けなさい」

ピンと伸びた背筋に、自分を曲げることのないしっかりとした意志、こういうことは見習いたいと心から思う。

もしロザリモンド嬢だったら、国軍も追い払えてたんじゃないかと思うと、自分の至らなさに肩を落とす。

ダメダメ！　今は落ち込んでいるときじゃない。

気を引き締めて、御者と騎士を見る。すると、ロザリモンド嬢が馬車に乗るというのに、手を貸すそぶりもなく、動くことはしない。

普通は、どちらかがロザリモンド嬢が馬車に乗るのを手助けするように手で支えるものだけど……。

わたしは、進み出てロザリモンド嬢に手を貸す。

「お嬢様、どうぞ」

一瞬驚いたロザリモンド嬢は、すぐにわたしの手に自身の手を重ねて馬車に乗り込む。

わたしもその後ろから馬車に乗った。馬車のドアが締められる瞬間、目の合った騎士を睨みそうになったのは仕方がないと思う。

馬車がゆっくりと動き出す。

騎士は同乗せずに、馬を走らせている。そのため、馬車の中はロザリモンド嬢と2人きりだ。

「いつもあのような様子なんですか？」

「あのようなとは？」

「自分が仕える家門のご令嬢であるロザリモンド嬢をエスコートしないのは、いつものことなのかということです」

「そのようなことはありませんわ。あのような質の悪い方を雇っているとは、むしろ驚きです。我が家は辺境伯の名をいただいておりますので、騎士団もきちんとした方ばかりだったはずです」

南の辺境伯ではあるけど、リンドベルド公爵家も一部その範囲に入っているので、辺境伯の中では一番影が薄い。

それでも、辺境伯という称号を持っているので、軍備に関してはそれなりに整っているとロザリモンド嬢は言う。

「思い返してみれば、実家にいた頃はきちんとエスコートしてくださっていた気がしますわ。

もしかしたら、わたくしが家を出たので、領主一族とは見なしていない可能性もありますが」

本人が実家と縁を切ることを覚悟して出てきたとはいえ、世間から見れば家出娘だし、当主に逆らったともとれる。

当主がトップである騎士団からすれば、ロザリモンド嬢は礼を尽くす相手ではないと判断されたからの扱いなのかもしれないけど、騎士道からすれば女性に手を貸すのは礼儀のような気もする。

「わたくしのことを軽んじていても、特に気にすることはございませんわ。ですが、リーシャ様は少し大変な思いをするかもしれません」

ロザリモンド嬢が申し訳ない顔でため息をついた。

なるほど、ロザリモンド嬢の侍女の立場だと、イジメに遭うかもしれないと。

「大丈夫です。迷惑はおかけしません」

ロザリモンド嬢も大変な思いをするかもしれないのに、頼ってばかりはいられない。

なんとか情報を集めたいところだ。

一度も休憩なしで馬車がランブルレーテ辺境伯家に到着する。全く、良家の子女の体力をぜひ考慮していただきたい。馬車に乗っているだけとは言えど、揺れるのだから疲れないはずがない。

しかし、ロザリモンド嬢は疲れを見せずに馬車から降りる。

玄関前には頭を下げている男性が一人。まだまだ若々しい雰囲気がある。おそらくロザリモンド嬢より少し上くらい。執事服を着ているので、若手の執事見習いか、次代の統括執事候補か。

「お帰りなさいませ、お嬢様」

どこか横柄な物言いに、執事服を着ている者がこれでは、下の者のロザリモンド嬢に対する態度は考えるまでもなく明らかだ。

護衛というか、監視役についた騎士もそうだし、御者もそう。

家全体がこれならば、家と決別したくもなる。わたしの実家よりかはましかもしれないけど、居心地は相当悪そうだ。

ただし、ロザリモンド嬢も負けていない。

「あら、インディグル。あなたが出迎えに出てくるなって、はじめてことではなくて？」

「旦那様より、お嬢様をお連れするように申し付けられております」

ロザリモンド嬢を出迎えに出てきたわけではなく、主人の命令でロザリモンド嬢を連れにきたようだった。

普通は、一度部屋に通し、身なりを整えたりする時間を用意するものだ。

なにせ、今到着したばかりなのだから。

「嫌ですわ、着替えくらいさせていただいてもよろしくて？」

「旦那様がお呼びです」

「わたくしのことをとやかく言う前に、お父様の方こそ常識的な行動をお願いしたいですわ」

うーん、執事どのが不機嫌そうだよ。言ってることは最もなことだけど。

「お願い致します。お嬢様をお連れしなければ、私が罰を受けます」

「そう、じゃあ罰を受けたらどうかしら？」

インディグルと呼んだ男性に、ロザリモンド嬢がきっぱりと返す。ロザリモンド嬢の後ろで2人の会話を聞いていると、彼女のことを軽んじていることがありありと分かる。使用人なのに、ロザリモンド嬢に強要するような行為は一般的に褒められたものではない。例えば、ラグナートくらいになれば、当主一族にも指示を出すこともあるけど、それは長年勤めてきて信用と実績があるからだ。

ロザリモンド嬢はインディグルを無視して横切ろうとする。

「お嬢様！」

「インディグル、そんなに大きな声を出すものではありません。品位がなくてよ。次代の統括執事なのですから、感情を抑える術をもっと学んだらいかが？　このような者がお兄様の統括執事になるなど、次代は絶望的ですわね」

散々こき下ろすと、インディグルの拳がぎゅっと強く握り込まれた。

「リンドベルド公爵家になれてしまうと、我が家の至らなさが恥ずかしいですわね」

ニコリと微笑んでいるけど、それは相手への最大の侮辱であったようだ。

ムッとしながらこちらを睨む目元は、吊り上がっていた。

「お嬢様、一族の長たる当主の令嬢であるお嬢様が実家を貶めるような発言はいかがなものかと思います」

「あら、事実を言ったのに貶める発言ですって。面白いことをおっしゃるわ。わたくしがまるで実家に背を向けて敵対しているような言い分ですが、勝手な思い込みでわたくしを貶めているのは果たしてどちらなのでしょうか？　でも、己の未熟さを顧みられないくらい愚かなのですから、わたくしは寛大に許しますわ」

胸を張って、使用人の無礼を許すというロザリモンド嬢に、インディグルが口を閉じた。

うん、ロザリモンド嬢を言い負かすのは至難の業ですよ。

「ああ、そうそうインディグル。こちらは皇都でわたくしの侍女として雇い入れました、リシャです。この家の者はどうも気が利かなくて、連れてきてしまいましたわ。部屋はわたくしの世話ができるように、隣の部屋にして頂戴」

「お嬢様、それは許可できません。どこの誰とも知れないものを邸宅内に入れるのは……」

「インディグル、許可をするかしないかは、お父様かお母様の仕事です。もしくは、統括執事ではありませんか。あなたのそれは越権行為です」

ロザリモンド嬢が、勝手に使用人の采配を決定する行為についてインディグルに難癖をつけた。

そもそも、怪しさしかないわたしを警戒するのは当然だ。わたしでも追い払おうとすると思う。だけど、実際ここで追い帰されたら意味がない。

ぜひともロザリモンド嬢には頑張っていただきたいところだ。

「ですが、あなたの心配は当主の娘として理解もできます。怪しい人物は、情報漏洩の観点から考えても招き入れない方がよろしいですものね」

「ご理解いただけたようで――」

「ですから、仕方がないで先にお父様にお会いしましょう。ちょうどわたくしを呼んでいるご様子ですし、面会予約を入れずに会えるなら手間が省けますわ。許可が出るまではわたくしの部屋で待たせてください。そうですわね……、ミモザを監視につければ問題ないでしょう？」

「かしこまりました」

これ以上反対したところで、ロザリモンド嬢が結局押し通すのが分かったのが、インディグルが了承した。

ミモザというのが誰なのかは分からないけど、インディグルが納得した様子から彼にとっては都合のいい人物なのだろう。

だけど、同時にロザリモンド嬢にとっても都合のいい人物なのかもしれない。

二重スパイ、そんな単語が脳裏をよぎった。

「すぐに許可をとってきますわ。リシャ、わたくしの部屋の中を見て、ある程度のことは把握しておきなさい」

素なのではないかと思うほど、わたしに対する要求も自然だ。戸惑いさえ見せず、あれこれと指示をだす。

ただ、ロザリモンド嬢のおかげでとりあえずは邸宅に侵入することができたし、なんなら部屋の位置なども見て回れる。

「ところで、お母様とお兄様は？」

「お2人は皇都でお役目を果たしております」

なるほど、ロザリモンド嬢のお母様とお兄様はいらっしゃらないと。

どんなお役目なのかは知らないけど、社交とかコネづくりとか、そういった類のものではないかとあたりをつける。

なにせ、ロザリモンド嬢のお兄様は、第二皇子殿下と現在親しくお付き合いされているから。

そうなると、辺境伯がここにいることが不思議な感じがするけど。

まあ、元来辺境を守る辺境伯は領地から出てくるのは社交のときくらいだ。むしろ、旦那様が領地を離れすぎているだけだった。

皇族の親族として、様々な仕事があるから仕方がない一面もあるのだろうけど。

それに、旦那様がいなくても、領軍は統率が取れていて、有事の際にも問題なく機能するらしい。たのもしい限りだ。

「では、お嬢様は旦那様の執務室へお願いします。私は彼女を連れて行きますので」

「分かりましたわ。リシャに何かおかしなことをしましたら、許しませんよ」

ロザリモンド嬢が警告とともに、邸宅の中に入っていく。

普通は、インディグルがロザリモンド嬢を案内して、わたしのことは誰か人を呼んで任せるものだけど……。

まあ、一々そんなこと気にしても仕方がない。

ロザリモンド嬢が邸宅内に入ると、わたしはインディグルにじろりと全身を確かめられた。

「ついてこい」

余計なことは言わずに、わたしはインディグルの後ろから邸宅内に足を踏み入れた。

辺境伯邸は、リンドベルド公爵家よりもよほど貴族らしいと感じた。

派手さはないが歴史を感じさせる公爵邸と比べると、権勢を誇る典型的な貴族といった室内だ。

不自然にならない程度に内装を見ていると、インディグルが不機嫌さを隠すことなくわたしに言った。

「ロザリモンドお嬢様に雇われているからと言って、邸宅内でおかしな行動をすればすぐにでも処罰される。ゆえに大人しくしていろ。まあ、旦那様がすぐに追い出すだろうがな」

「心得ております。信用ならないのは理解できますし、ご当主様の許可が下りなければわたしはすぐにでもこちらを離れることを覚悟しております」

インディグルが意外そうな顔で振り返った。

「ふん、ロザリモンド様と違い分別があるようだな。主従ともども愚かだったらどうしようかと思ったものだ」

ロザリモンド嬢を誹謗し、口角を上げて笑う。

ロザリモンド嬢がいうには、彼は次代の統括執事候補らしいけど、こんな態度で大丈夫かと真剣に心配になった。

ロザリモンド嬢のお兄様は、彼が優秀だと思って側に置いているのか、それとも自分にとって都合がいいからおいているのか……。

主従は似るとは言うけど、そうなるとロザリモンド嬢のお兄様もわたしとはきっと相いれない性格に違いない。まあ、例外は多数あるけど。

そもそも話を聞く限り、辺境伯と共にロザリモンド嬢のことを切り捨てるような扱いをするような人を好きにはなれない。

わたしはロザリモンド嬢のお父様である辺境伯には会ったことがあるけど、ロザリモンド嬢にしていた仕打ちを考えなくても、あまり良い印象はない。

まるで自分がリンドベルド公爵家に口出しできる立場なのだと言わんばかりに、旦那様やわたしを見下していた。

少なくとも、わたしには対してはそうなる理由があるけど、いい気持ちはしない。

そして、会ったことのないロザリモンド嬢のお兄様に対しても好感度は低くなる。

「ここがお嬢様の部屋だ。いいか、部屋から出るんじゃないぞ」

「あの、ところでミモザという方はどういった方なのでしょうか？」

「知る必要はない。すぐに出て行くことになるんだからな」

ロザリモンド嬢の部屋を勝手に開け、インディグルがわたしを中に入るように促す。

主人がいなくても、ノックをして「失礼します」とか「入ります」とか声をかけるのが普通だけど、彼はそれさえしなかった。

一人残されて、ロザリモンド嬢の部屋の中で待つ。

主人のいない部屋で待つのはなんとなく決まり悪く、落ち着かない。

部屋全体を見渡して、意外と質素にまとめられていて、ロザリモンド嬢らしいなとも感じた。

部屋が若干湿っぽい匂いがして、部屋の換気が十分じゃないのは部屋に入った瞬間に分かった。あまり部屋の掃除は行き届いていない感じだ。

ロザリモンド嬢は家門を裏切るような行為をしたのだから、むしろ部屋が残っている方が意外といえば意外だけど。

やることもないので、窓を開け換気する。

部屋の外に出ていないのだから、これくらいはいいはずだ。

掃除用具もあれば、軽く掃除くらいするんだけど、さすがに令嬢の部屋にあるわけがない。

さて、どうしようかなと考えていると、扉が叩かれた。

さすがにロザリモンド嬢にしては早すぎるし、インディグルにしては丁寧だ。返事をするか迷っていると、先に扉が開かれる。

入ってきたのは、フワフワした緑色の髪が特徴の女性。年齢はロザリモンド嬢と同じくらいだろう。侍女のお仕着せを着ていることから、この邸宅で働いている使用人の一人なのは確かなようだ。

部屋の中にいたわたしを驚くことなく観察しているところから、彼女がロザリモンド嬢の言っていたミモザなのだろう。

「はじめまして、わたしはリシャと申します。ロザリモンド様に雇われて、こちらまで参りました」

「わたしはミモザと申します。あなたのことはインディグル様より簡単に話は聞いています。お嬢様が雇い入れたと。しかし、身元の保証がされていないので、わたしが監視するようにと命じられました」

監視なんて言葉、相手を警戒させるだけだから言わない方がいいんだけど。

隠すことをしないのはわざとなのか、それとも警戒されても問題ないと思っているのか悩む。

「こちらをどうぞ」

ミモザが掃除用具を渡してきた。

その手には、他にもシーツのようなものもワゴンに載せて持ってきていた。

「お嬢様の侍女ならば、この部屋の掃除はお任せしてもよろしいですね？　わたしはお嬢様の入浴の準備をして参ります」

監視するように言われたわりに、ミモザはわたしを見張りながら一緒に部屋の掃除をするわけではなく、一人で浴室に入っていく。

確かに、掃除が足りていないとは思ったので、浴室も多少掃除が必要なのだろう。

2人で同じ部屋を掃除するよりも、分かれてやった方がいいのは確かだ。

わたしのこと見てなくてもいいのかな？　まあ、同じ部屋の中ではあるけど……。そもそも、監視じゃなくてもわたしの仕事ぶりとか確認しなくてもいいのかな？

やらせてから、文句を言うタイプなのかもしれない。リンドベルド公爵家にもいたわ。そういうタイプ。わたし自身は睨まれることはなかったけど、リルたちから愚痴をたくさん聞かされた。

そういう人はエリーゼやロックデルを邸宅から追い出した際に、真っ先に解雇——というよりも辞めていったけど。

「掃除か、久しぶりだわ」

一応奥様として認識されてからは、侍女や下女の仕事はやっていない。彼女たちの仕事を取るのは違うし、わたしがやるべきことは他にあったから。

「さて、やりますか」

わたしは腕まくりをして、掃除用具を手にした。

掃除をはじめると、なぜかロザリモンド嬢が戻るまでに完璧に綺麗に整えなければ、という変な使命感が出てきた。

本物の侍女というわけではないけど、これでもいろいろ仕込まれているのだ。

実家から追い出されてもいいようにとラグナートに。おかげでリンドベルド公爵家に嫁いでも役に立った。

もうかなりの月日が経ったけど、あれはなかなか忘れられない思い出だ。

そういえば、激マズヴァクイの粥、旦那様とラグナートに食べてもらっていないわ。いつかあの2人にもあの苦行を味わわせる！　と誓ったけど。この件が終わったら、本当に食べてもらおうかな。

そんな余計なことを考えつつ掃除を始める。掃除の基本は上から下。

換気をして、上の埃から綺麗にしていく。

掃除が行き届いていないだけで、全く掃除がされていないというわけではない。

軽く拭うだけで、綺麗になっていく。おそらく、毎日掃除するというよりも、数日に一度程度の掃除なのだろう。

さて、広すぎるロザリモンド嬢の部屋は、一人で掃除するには結構手間だし時間がかかる。

一人でやるように指示されたときは、ちょっとした嫌がらせかとも思ったけど、もしかしたらわたしの腕前でも確認したいのだろうかと考えだす。

まあ、自ら瑕疵を作り追い出されるような仕事ぶりはしませんとも。

なので、かなり真面目に動き回る。

ベッド周りを掃除して、一人でシーツを変えるには大きすぎるベッドに悪戦苦闘していると、視線を感じた。

顔を上げると、いつから見ていたのかミモザが浴室の扉の前で立っていた。

ジッと見られていると、少々やりにくい。

いろいろ仕込まれているとはいっても、素人よりはまし程度なのは自分でも分かっているつもりだ。

そもそもこういうことは経験だしね。

「あの、何か？」

「いえ、続けてください」

手伝ってくれるんじゃないのか。

その場から動こうともせず、ミモザがこちらの動きを見ている。そういえば、監視の役割もあったんだったと思い出す。

いきなり一人にさせられたから、うっかり忘れかけていた。

「あまり手際がよくありませんね。本当にお嬢様がお気に召したのですか？」

眉一つ動かさず、ミモザが言う。

分かっていますよ、手際が悪いことくらい。

「ええと、正直わたしもロザリモンド様に何が気に入られたのかよく分からないんです」

本物の侍女じゃないし、とりあえず自分を卑下しつつ曖昧に笑って誤魔化す。

「ではどこからか拾ってきたということですか」

「拾う？」

「あの方は周りの迷惑など考えず、困っている方を救うのが貴族の役目とおっしゃって、勝手に炊き出しなどをしようとする方です。施しをお与えになるのも一度や二度ではございません」

ミモザが能面のような顔で淡々と語った。もともとあまり感情が表に出ない人のようだ。

「では、わたしもロザリモンド様に助けられた一人になるのですね。わたしは実家の両親とあまり仲が良くなくて、住み込みの仕事を皇都で探していましたらロザリモンド様が雇ってくださったんです」

仲が悪く実家の家族とは完全に決別したのは本当だ。あとの話は嘘だけど。

ちょっと同情を誘うように話してみると、軽く息を吐かれた。

「なるほど。理解致しました。あなたがお嬢様に救われたのでしたら行くともないでしょう。ですが、こちらの邸宅はきちんと教育された者が多くいます。正直、わたしはあなたがこの邸宅にいることを歓迎できませんね」

だよね。だって、自分でも不審人物だって思うし。

大貴族の使用人は家門の人間だったり、分家やきちんとした家柄の紹介だったりすることが多い。

例え当主でも、ある日突然この人を雇う、と宣言しても周りが苦言を呈し、止めようとするものだ。

インディグルやミモザの反応はわたしをリンドベルド公爵家の回し者と疑い以前の問題で、警戒は当然の結果だった。

「分かっています。わたしはまだまだ見習いにもなれないような未熟者だということは。ですが、ロザリモンド様に救われたのです。ロザリモンド様に誠心誠意をもってお仕えし恩をお返ししたいのです」

身元不詳のわたしにできることは、ロザリモンド嬢への忠誠を見せることだ。

さすがに、これだけでほだされるとは思わない。

お互いの間にしばしの緊張が走る。ミモザは何も言わずわたしをどうするのか考えているように見えた。

その時、緊張を断つようにノックもなく部屋の扉が開かれた。

ミモザとわたしが顔を向けると、堂々とした足取りでロザリモンド嬢が部屋に入ってきた。

意外と早いな、と思っていると、彼女はかなり不機嫌そうだった。

あ、これは何かそうとう嫌なこと言われたな。

ロザリモンド嬢は部屋の中央部分に置いてあるソファに勢いよく座った。

さて、声をかけるべきか掃除を続けるべきか。というか、わたしの扱いはどうなったのか知りたい。

声をかけるか迷っていると、ミモザがロザリモンド嬢に先に声をかけた。

「お嬢様、無作法ですよ」

「あらミモザ、いたんですの？」

「お嬢様がわたしをお呼びになったのでしょう」

「違いましてよ。わたくしはインディグルに提案をしただけです」

どういう関係なのだろう、この2人。かなり気安い関係に思える。

年が近い分、なんでも言える友人に近いのかもしれない。

インディグルが監視をさせるとするならば、ロザリモンド嬢とミモザは仲が良くないはずだけど、とてもそうは見えない。苦言を呈しながらも、きちんと仕える主人に対する敬意も見えた。二人の関係を不思議そうに見ていると、わたしの視線に気づいたロザリモンド嬢が、ミモザとの関係について教えてくれた。

「インディグルは、わたくしとミモザが仲が悪いと思っていますからね。わたくしが言わずとも、結局あなたはここに来ることになっていましたよ」

「仲が良くないのは事実ですが？」

「あら、そうなんですの？　それははじめて知りましたわ。わたくしは仲が良いと思っていましたもの」

ミモザが若干嫌そうに眉を寄せた気がした。あまりも微細な変化だったから、気のせいかと思うほどに。

さぁ、果たしてどっちの言い分が正しいのかぜひ推察してみよう。

「それでミモザ、こちらの方ですがリンドベルド公爵夫人のリーシャ様なんですの。ご挨拶なさいな」

ちょっと待って！

さらりとミモザにわたしの正体を明かすロザリモンド嬢に声を上げそうになった。

だけど、自分から正体をばらすことはできない。驚きよりも理性の方が勝った結果、息をのみ込み、無理矢理笑みを浮かべた。

ミモザは呆れたように言った。

「あなたはまた突拍子のないことを言いますね。そんな風に人を振りますから、友人がいらっしゃらないのです」

「そんなことありませんわよ？　これでも友人は多い方です」

2人の関係……難しいわ。判断が。

ロザリモンド嬢が不用意にわたしのことを暴露することはないと信じている。少なくとも、彼女はわたしの身が危なくなるような真似はしないという信頼はあった。

それでも何の前触れもなく、正体を明かすのは心臓に悪い。わたしはミモザとは初対面でよく知らないので。

「お嬢様のことですから、友人と称する方々はきっとお嬢様のことを厄介な相手だと思っていますよ」

いやー、ミモザさん。ロザリモンド嬢のことをよく分かっていらっしゃる。友人かはともかく、少なくとも旦那様はロザリモンド嬢のことを厄介な相手だと思っていますよ。

「まあ、わたしにはどうでもいいことです、お嬢様。ですが、わたしを厄介で面倒で危険なことには巻き込まないでください」

きっぱりとミモザが言うと、ロザリモンド嬢がふうと小さく息を吐いた。

「ひどいですわね。まるでわたくしのせいでいつも大変な目にあっているようです。人のせいにしないでください」

あー、ミモザの顔が明らかに嫌そうに歪んだ。

先ほどまで完璧なほど感情が揺るがなかったのに、今ははっきりと不愉快感が露わになった。それも一瞬だったけど。

「ところでお嬢様、わたしはもうお役目は終わりということでよろしいでしょうか?」

「お役目?」

「ええ、ただでさえ不愉快なインディグルが、わたしに命じた事柄についてです。わたしはあの男の使用人ではありません。それに、ただの見習い風情がまるで統括執事のようにふるまって上から命じてくる、これほど不愉快なことはありません」

ミモザの顔がわたしに向いた。

「ちなみに申し上げておきますが、わたしはお嬢様に一切手をお貸ししませんよ。もちろん、インディグルにもですが。旦那様から命じられればその通りに動くだけでございます」

「まあ、わたしの侍女だったのにお父様の命令で動くなんて、なんて忠誠心の低いことなのでしょうか」

「申し訳ありません。わたしを雇っているのは旦那様ですので」

きっぱりとロザリモンド嬢を突き放し、ミモザが頭を下げた。

「ですが、仕事ですのでお世話は致します。どうぞ、お湯のご準備はできております」

「わたくしだけではなく、リーシャ様もお湯が必要だと思うんですが」

「わたしの仕事はロザリモンドお嬢様の世話だけです。彼女がどこの誰であろうとも、今はお嬢様の侍女なのでしたら、お嬢様のお世話をするべきだと思います。そうでなければ、使えない侍女として追い出します」

つまり、見逃してもらえるってことでいいんですかね？

はっきりしないいながらも、一応ミモザはわたしの素性についてはばらさないと言ってくれた。

ただし、仕事もできない人間に対しては優しくないようだ。

少しだけ、旦那様に似ているなと思ってしまった。


「ところでお嬢様、旦那様とは何をお話になられたんですか？」

ミモザが尋ねると、ロザリモンド嬢は眉をひそめた。

「不愉快なお話だったのは間違いありませんわ。なんでも、わたくしに第二皇子殿下に嫁げと」

さすがにそれにはミモザも驚いたように口元に手を当てて固まった。

「それは……」

「わたくし、これでも一縷の望みをかけてここまで来ましたのよ、お父様は考えなしのところがございますが、それでも一族の命運をかけてまで愚かなことはしないだろうと」

ロザリモンド嬢を第二皇子殿下の皇子妃に。

普通なら喜ぶべきことだろう。娘が皇族に嫁ぐのだから。

だけど、今回は喜ぶどころかその裏で行われている政治的な駆け引きが目に見えて分かっているので、下手をすれば反逆罪で罪を着せられる。

皇族である第二皇子殿下が、皇太子殿下の座を狙い、力を削ごうと動いているのはもう分かっている。旦那様への謀反の調査を第二皇子殿下が主導で行っているのはそういうことだ。そして、皇帝陛下がそれを黙認しているのは、内心では第二皇子殿下を皇太子殿下にしたいからだ。

しかし、現皇太子殿下を引きずり下ろすのは容易なことじゃない。そもそも相手に瑕疵はないし、立派な方なのは国民だって知っている。

そのため、皇太子殿下と親しいリンドベルド公爵家の謀反をでっち上げた。リンドベルド公爵家が謀反となれば、少なからず皇太子殿下への求心力は失われるからだ。

ただ、わたしは一体なぜ第二皇子殿下がこんな行動を起こしたのか知らない。少なくとも、皇太子になって何かを変えたいから、無謀ともいえる行動に出たのだろうけど、それは果たしてなんなのか……。

とにかく、そんな危うい立場の第二皇子殿下と結婚しろなんて、辺境伯が第二皇子殿下の支援をしてるのと言っているようなものだ。

ロザリモンド嬢の言う通り、下手をすれば切り捨てられて反逆罪の汚名を着せられるのは辺境伯家の方。

しかも、そうなる可能性が高い。

「ミモザ、あなたはこちらにずっと務めていますけど、お父様に変わったことはございませんか？　お兄様でもお母様でもよろしいですけど」

ミモザが軽く目を伏せて、ゆっくりとロザリモンド嬢へ真っすぐと顔を向けた。

その顔は、先ほどのように感情が一切ないような顔だった。

「お嬢様、子供の結婚はご当主様がお決めになることです。お嬢様には拒否権はございません。それに、皇子妃となるならば、辺境伯家にとっても大きな利となりましょう」

ミモザの言ったことは事実だ。

貴族の結婚は、家と家との契約である。そのため、子供の結婚を親が決めるのは当主として当然であり、貴族として特権を甘受している子供は、それに従うのは義務だ。

もちろん、喜ばしいかどうかはともかくとして。

「ミモザは、この結婚が正しいと？　お父様が持ち込む結婚話など碌なものがないのはよく知っているでしょうに」

最も結婚相手として有力だったのは旦那様だけど、旦那様には拒否され、その結果様々なところから適齢期の頃は結婚の話もあったようだ。

だけど、どれもこれも碌なものではなかったとロザリモンド嬢が言う。

ミモザも否定しないあたり、事実なのかもしれない。

「お父様に見る目がないのは、わたくしもよく知っておりますわ。皇子妃は名誉なことですし、魅力的ではございますが、今の時勢で第二皇子妃になる利はわたくしにはとても考えつきませんわ」

そもそもすでに適齢期からずいぶんとはずれておりますし、とロザリモンド嬢が言う。

「それでも第二皇子妃でございます」

「その皇子殿下が皇太子殿下の座を狙って国に混乱をもたらそうとしていると聞いても、ミモザは名誉なことだと言えるのですか？」

ロザリモンド嬢が問うと、ミモザが黙り込んだ。

その様子に、皇都で起こっている出来事を知っているようだった。

「まあミモザ。皇都から離れていながら、今皇族とリンドベルド公爵家に何が起こっているのか、正確に把握しているのですね」

やはりミモザは何も言わない。だけど、非常に厄介なことに巻き込まれる予感をしているようで、微かに目線を下に向けた。

「ミモザ、わたくしはこの国の貴族です。ですから、この国に混乱をもたらすような存在は見過ごせませんわ。そのために戻ってきたんですの。理解できまして？」

「……ええ、十分に。お嬢様がお変わりないのはよく理解しました」

変わらないというのは、自分のなかの正義のためならば、実家とて切り捨てると言った覚悟だ。

「わたくしの考えが間違っていると思うのならば、全力で止めればよろしいですわ。いつものように」

ロザリモンド嬢が無邪気に笑う。ミモザは疲れたように息をついた。

「わたしも、好きなように動きます。わたしはわたしの考えの元で。間違っている場合は、容赦なく旦那様に報告致します」

敵なのか味方なのかいまいち分からないけど、ミモザはロザリモンド嬢が戻ってきた真意を知りたかったようだ。

なぜ今更家を捨てた娘が戻って来たのかを。

そして、ロザリモンド嬢の決意を聞き、決断した。

積極的に敵には回らないけど、完全に味方にもならない。ロザリモンド嬢が間違っていると思えば、止めると。

「それで構わなくてよ。ですが、そう言っておきながら今まで一度もお父様に報告したことがないようですけどね」

ふふっとロザリモンド嬢が楽し気に笑う。ミモザの方は顔を背けた。照れ隠しのように見えたけど、不本意そうだった。

あ、これはいわゆる巷で噂のツンデレというやつでは？　それは、また……。

結局、ミモザはロザリモンド嬢に対し厳しく冷たい印象を周囲に抱かせながらも、最終的にはロザリモンド嬢に不利になるようなことは漏らしたことがないようだ。

その事実を知っていれば、ロザリモンド嬢がミモザを頼りにするのは分かる気がする。

「ところで、リーシャ様のことよろしくお願いしますわ。わたくしでは、侍女としてのリーシャ様を守り切れないかもしれませんから」

「わたしに頼られても困ります。ですが、リンドベルド公爵夫人にもしものことがあれば、リンドベルド公爵家と全面戦争になりかねませんので、それは避けたいと思います」

彼女にとって建前は重要なようで、素直に分かりましたと頷くことはない。

素直すぎるほど、素直で、自分に正直で嘘をつくことをほとんどしないロザリモンド嬢と比べると、反対な性格に感じるけど、だからこそいい関係な気がした。

「お嬢様の周囲は、なぜこうも人を困らせるような方が集まるのでしょうか？」

ミモザがこちらに顔を向けた。

あ、それはわたしに対してですね。ご迷惑おかけします。本当に……。

大人しくしていることが正しいと分かっていても、どうしても譲れないこともある。

迷惑かけている自覚があるけど、ここで逃げ帰るわけにはいかない。

「ミモザさん、お手数をおかけして申し訳ありませんが、公爵夫人として調べなければならないことだと思っております。ロザリモンド嬢が言った通り、わたしもこの国の貴族。筆頭貴族としても、国を揺るがす揉め事は早々に解決したいのです」

「仕方ありません。わたしも争いを求めているわけではございません。ただ、平穏であればいいと願っております」

淡々と答えながらも、ミモザは少しだけほっとしているようでもあった。

「では、作戦でも練りましょうか？　とは言っても、やるべきことは決まってますけど」

ロザリモンド嬢がニコリと笑う。

「お父様のことですもの、絶対にお互いが裏切られないような密約書の類を手元に残してあると思います。それを見つければ、簡単に事は済みますわ」

父親の私室で探すものとは、密約書。

おそらくお互いを裏切らないように、きちんとお互いの印を押したものが、屋敷のどこかにあるとロザリモンド嬢が言う。

信頼関係で結ばれておらず、ただお互いの存在を利用するために結ばれた同盟だとするならば、裏切られないように対策を取ることは必須。

特に相手の方が身分が上で、ランブルレーテ辺境伯家を切り捨てる方がはるかに簡単だからだ。

「どうせお父様のことですから、いつものところに隠していらっしゃるんでしょうね」

すでにどこに隠されているか、心当たりがあるようだ。そんなに簡単に分かる場所に隠してあると思うと、むしろ勘繰りたくなる。隠してあるものが本物かどうかを。

「ミモザ、お父様がいると厄介ですので、近日中に出かける用事などはないのでしょうか？」

思い立ったが吉日ではないけど、ロザリモンド嬢は思い立ったら即行動派だ。

それに振り回されるから、ロザリモンド嬢付の侍女であるミモザには嫌がられるんだろうなと思う。

「明日出かける予定がございます。ですが、使用人の目がありますからお嬢様自身で旦那様の私室を探すことは難しいかと思いますよ」

「あら、なんて好都合なのでしょう。わたくし、神に愛されているかもしれませんわ」

「聞いていましたか?」

ミモザの眉間に皺が寄った。

「聞いていましたとも。わたくしに監視がつくというお話でしょう? ですからリーシャ様とミモザの2人で探してくださいませ。抜け道はお教えいたしますし、隠されているであろう場所もお教えいたしますわ」

他家の人間に、非常時用の抜け道を教えてもいいのだろうか……。まあ、ロザリモンド嬢はこちらの味方だし、気にしないでおこう。

ロザリモンド嬢は、あっさりと隠し通路の場所を教えてくれる。

教えてくれたのは、騎士団に繋がっている道だった。忍び込むのは一番難易度が高そうなんだけど、と思っているとそのほかの場所は普段あまり使用されない場所に隠れるように繋がっているらしい。むしろそういう所の方が人目につかなくていいのではないかと思ったけど、今は監視されている側なので、ほとんど使用されない場所に入り込み、その姿を万が一にも見られて不審に思われるより、堂々と騎士団内部に侵入した方がいいとのこと。

そして、密約書の隠し場所と思われる場所もいくつか教えてくれる。

隠し場所の候補はいくつかあるらしく、ここになかったらこちら。こちらになかったらあちらとこまごまとレクチャーしてくれた。

ミモザも一緒になって聞き、最後にロザリモンド嬢にくぎを刺した。

「とりあえず、お嬢様は大人しくしていてください。お嬢様が張り切りますと、予期しない結果になりそうですので」

ミモザの言葉に、わたしは否定はできなかった。

なにせ、その経験があるもので。

「ところでお嬢様、リンドベルド公爵夫人――いえ、リシャの滞在許可はどうなるのでしょうか？」

「もちろん許可はとりましたわ。側付きにしなければ、家を出ると言ったら、一人で行動させないことを条件に許可が下りましたわ。しばらくはミモザに任せて仕事を覚えてもらう予定ですとお父様に言ってあります。これで2人が一緒にいても、問題はありませんわ」

「お嬢様にしては気が利いていますね」

「リーシャ様をお預けするのに、ミモザほどの適任者はいないと思っております」

ロザリモンド嬢の言葉に、ミモザは諦めたように小さく息をつき、それならこれから屋敷を案内してきます、とわたしを連れ出した。

案内がてら、ミモザは抜け道の一つである騎士団へと案内してくれる。

「こちらは騎士団の訓練場でございます、あちらの訓練所の先に騎士団の寮がありまして、持ち回りで掃除をすることになっております」

寮の掃除は本来下女の仕事だけど、騎士は一般的に裕福な平民や下位貴族の女性にとって理想の結婚相手だ。

そのため、侍女の中で持ち回りで掃除をしているそうだ。

「明日はわたしの担当ではありませんが、交渉すれば何とかなるでしょう。それから、お休みなるのはロザリモンドお嬢様の隣と伺っておりますが、わたしの部屋にしてください」

「理由をお聞きしても？」

「いくつかございますが、いわゆる新人が特別扱いされるのはよろしくないかと。ただでさえ、インディグルがあなた様のことを言い回っていますからね。先に申し上げておきますと、好意的な意味ではございません」

「口が軽すぎではありませんか？」

「あなたを困らせて追い出したいのでしょう。自分が支配できない使用人は不要だと思っている節がありますから。まあ、いつかインディグルが統括執事になるときの布石なのかもしれませんね」

自分に反抗的な使用人は早くから排除して自分に従順な使用人だけ残す。

分からなくはないけど、そもそも使用人が仕えるのはインディグルではなく、当主一族だ。

彼が排除して、彼の配下だけ残すと言うことは、ある意味で結婚当初のリンドベルド公爵家皇都本邸と同じような状況になる。

使用人の統率が統括執事の仕事であって、支配するのとは違う。

そもそもその状況を果たして、それをロザリモンド嬢のお兄様は許すのだろうか。

「あの、ずっと思っておりましたがミモザさんは、ロザリモンド嬢のことがお嫌いなのですか？　インディグルの方をよほど嫌っているように思えますが……」

ロザリモンド嬢にはなんだかんだと言いながらも協力的だと思う。

今この瞬間も、わたしに対して悪意的な思惑は感じない。

ミモザは、軽く息を吐き何も答えず背を向けて歩き出す。わたしは大人しくその後ろをついて行く。

「わたしはロザリモンドお嬢様の乳母子として育ちました。母がいつもロザリモンドお嬢様を優先するのが許せず、お嬢様のことは心から嫌っておりました。いつか、お嬢様にお仕えするのがわたしに与えられた仕事でしたが、本当に嫌で嫌で仕方がなかったのです」

ミモザはそのため、少しでもこの環境から離れたくてなんとランブルド養成学院に入ったんだとか。

隙が無い侍女だなとは思っていたけど、かなり優秀なお人だったようだ。

「はじめは母と父に大反対されました。お嬢様のお側にいることこそがわたしの役目だと言われて。養成校に行かずとも、生まれたときから一族に仕える侍女として厳しく躾けられておりましたので、必要ないと言われました」

生まれたときから仕込まれた人間は、養成校で学ぶべきことはない。養成学院で学ぶのは当たり障りのないどの家でも必要とされる能力で、それはすでにミモザにはあった。

幼いころから、仕える家が決められていたゆえに、その家の特色も全て知っているということは、外から雇い入れた人物よりも邸宅内の暗黙の了解などを教える必要がないうえ、信用もある。

「ですが、わたしが養成学院に入ることを後押ししてくださったのがロザリモンドお嬢様でした。箔付になるからと」

ああ、一般的に知名度があるからね、あの学院。

どこの家で何年務めて、どんなことをしてきたかと説明するよりも、ランブルド養成学院を卒業したという方がよほど話が通じるし、〝すごい優秀なんですね〟といわれるほど。

貴族が周りに侍女を自慢するときにも侍女の出身や出身校は使えるのだ。どれだけ優秀な使用人を揃えているかというのは自慢になる。

ただし、普通はとつく。

ロザリモンド嬢をその普通の貴族の感覚でとらえてはだめだ。どういう意図があってミモザを養成学校に入れたのかは分からない。

そして、ミモザ自身もロザリモンド嬢にはっきりと、なぜ後押ししてくれたのか確認したことはないようだった。

「どういうつもりで言ったかは分かりません。わたしのためというよりも、将来の自分のためになると思ったのかもしれません。むしろ、そう思っておりました。ですから、素直にお礼を言うことはできずにいました」

ロザリモンド嬢の初対面の印象はミモザの言う通り、自分本位な人間。だけど、実際に側でいろいろと話をするようになると、自分に正直なだけであって、他意はないのだ。基本的に。

そのため、自分のためというよりはミモザが外で学ぶことはいい経験になる、と思っていそうだ。

学ぶ意思がある者から、その選択を奪うのは間違っているというのが彼女の本心な気がした。

まあ、想像の域を出ない上に、言葉足りないところがあるので、相当誤解はさせそうだけど。

実際、ロザリモンド嬢は人に命令し慣れているので、その延長線で自分のために学校に行けと相手に取られていても不思議はない。

「総合一位はリンドベルド公爵家のリルに持って行かれましたが、これでも実技では一位でございます。本当は、卒業と同時に家から離れる予定でしたが、結局戻ってきてしまいました」

「なぜですか？」

「中途半端に逃げ出すようなことは矜持が許さなかったのです」

どういう意味だろうかと首を傾げた。

「このまま他家に就職するのは、敵前逃亡しているのと同じだと思いました。どんな意図があったにせよランブルド養成学院に入学できたのはお嬢様のおかげですし、不満があっても我慢して一度は誠心誠意お仕えしてみようかと思いました」

不満があっても我慢して誠心誠意って……、それ全然誠心誠意じゃないけど？

「養成校で、どんな主人でも必ず良いところはある、と言われました。3年真摯にお仕えすれば見えてくるものがあると。正直、何年も共にすごしたお嬢様に対して、良いところを探すことの方が難しかったのですが、真摯に仕えてきたかと言われると、否だと言えます」

なるほど。

嫌々仕えれば、相手のいいところではなく悪いところしか見えないけど、客観的に真摯に仕えれば、また別の見方ができると。

だけど、すでに好感度が低いロザリモンド嬢のことを果たしてまっさらな気持ちで主として受け入れられるのかはなぞだ。

「ちなみに、三年真摯に仕えた結果、良いところが一つも見つからなかった場合はどうするのですか？」

「主従の間にも合う合わないがございます。人間、誰しもが仲良くなれるわけではありません。良いところが一つも見つからないというのは、人間性が合わないということなので、次の主人を探しなさいと言われております」

いいところが見つからない主人に仕えるよりも、新しい主人を探した方が建設的だ。それに、確かに人との付き合いは友人関係もそうだけど、合う合わないある。

例えば、旦那様と前統括執事のロックデルとのように。まあ、あれは例外か……。

もし旦那様がなんでも丸投げにするタイプなら、ロックデルとは相性がよかったのかもしれない。

というか、ロックデルにとっては操りやすい主人で大変喜ばしかったと思う。その関係が健全かどうかは置いておくとして。

「それで、いかがでした？」

「少なくとも、お嬢様にはお嬢様の言い分があり、我儘で周囲を困らせているわけではないと言うことは分かりました。それに、ご家族からあまり良い扱いを受けていないことも理解しました」

ロザリモンド嬢が家族から顧みられていないことは分かっていたけど、自分をみてほしいからわがまま放題好き放題していたのだと思っていたらしい。自分の母親の愛情を一心に注いでもらっていながら、それでも足りないと言わんばかりの態度に当時は嫌気がさしていた。

しかし、ランブルド養成学院で学んだ通り、ロザリモンド嬢の側近くで働いているうちに見えてくるものがあった。

幼いから分からなかったことも、大人になれば分かるようになるものだ。

「真摯に仕えれば、良い一面も見えてくるという言葉は一理ありました。ですが……」

ミモザがそこで言葉を切り、わたしの振り向いた。

「わたしはお嬢様とは根本的に合わないようです。理解していても、納得するのはまた違います。おかげで、わたしはお嬢様とは反りの合わない使用人という立ち位置になりました」

間違ってはいないのですけど、とミモザは続けた。

「首になってもいいと思って、好き勝手するお嬢様を諫めることも致しました。時にはお嬢様からお叱りを受けることもありましたが」

そこでようやくインディグルがミモザをわたしの監視役としたのかを知った。周りから2人は不仲の主従であると思われていたのだ。

「それでもずっと仕えているのは、ご両親がこちらにいらっしゃるからですか？」

「それもありますが、お嬢様と根本的に合わないからといって、わたしはお嬢様が害されるのを望んでいるわけではありません。できれば結婚してこの家から離れてほしいとは思います。そうすれば、なんの憂いもなくここを去れますから」

ミモザが初めてニコリと笑った。

清々しいほどの不敵な笑みで、自分が心置きなくこの家を去るためにロザリモンド嬢をこの家から追い出したいんだそうだ。正確には結婚でもなんでもいいから家から離れられればそれでいいらしい。

ロザリモンド嬢を残したまま他家に移れば、どうしても気になってしまう。

家族によって害されると知っているのに、手助けもしないのは自分もロザリモンド嬢を害することに加担しているようで、気分が悪いとのことだ。

「リンドベルド公爵様とご結婚できればよろしかったのですが、クロード・リンドベルド様はロザリモンドお嬢様のことをよくよく見ておりますね。選ばれなかったときは少々落胆しましたが、人を見る目があるのだと感心もしました。お嬢様が妻となったら、きっと心安らぐ日は来ないでしょうしね」

「ま、まあロザリモンド嬢はまっすぐなだけでそこまで悪い方では……」

「真っすぐ、素直と言えば聞こえはいいですが、猪突猛進ですので当主夫人は難しいと思います」

うん、とっても清々しい告白でしたよ。

「家門のために結婚するのは貴族の義務。ですが、今回のお嬢様の結婚は家門のためではありません。私利私欲のためにお嬢様を利用しているだけです。ですので、今回は仕方がありませんがお手伝いいたします。これでもこの家では古株なのでいろいろと権限を持っております」

意味ありげにふっと笑うミモザに、わたしは正確にミモザが何を要求しているのか感じ取った。

「上手くいったら、就職先の斡旋ですか？」

「話が早くて助かります。リンドベルド公爵家で雇ってほしいとはいいません。どなたかに紹介状を書いていただければ助かります」

とはいっても、わたしは交友関係は広くない。ラグナートかミシェルに聞けばなんとなるはずだと考えをまとめた。

「成功報酬になってしまいますが、よろしいんですか？」

「ええ、成功に導くために最善を尽くします」

とっても頼りになる味方を手に入れて、わたしはほっと息を吐いた。

「掃除担当を変わっていただきましたわ」

仕事のできる人は、交渉事もお得意のようだ。騎士団への掃除担当は人気の配属先だけど、あっさりと掃除のローテーションを変えてもらえるとは、古株というのは伊達ではない。

「わたしは特に騎士団に思い入れがあるわけでもありませんので、いつも変わってほしいと頼まれれば変わっていたんです。そのため、今回はすんなり変わっていただけました」

「手間をおかけして申し訳ありません」

「今回ばかりは、わたしもロザリモンドお嬢様寄りですから構いません。今回の件が表沙汰になった際、瑕疵のある家で生まれ育ち働いていたとなれば、次の就職先にも害がありそうですから」

自分のためにするのだとミモザが言う。

すでに寝支度を終えて、ベッドに入りながら明日のことを簡単に説明される。

騎士団の道は、倉庫の方にあるようで、その倉庫の裏手には外に繋がる裏口があるらしい。

証拠品を手にしたら、その裏口から外に出るようにミモザに言われた。皇都までの足は用意できないと言われたけど、そこは問題ない。なにせ、わたしには断崖絶壁さえも越えることのできる足を持つ存在がいるのだから。

詳しく説明するには難しいので、とりあえず皇都までの道のりについては問題ないと話す。

そして、一通り話を終えるとランプの明かりを消した。

暗闇の中、ミモザがポツリと話し出す。

「旦那様はきっと劣等感がおありなのでしょうね」

「劣等感？」

「辺境伯ではありますが、リンドベルド公爵家の影に隠れ影響力は小さく、貴族社会では侮られることがよくあるのです。何かあればリンドベルド公爵家が助けてくれるから楽でいいなと」

「そうなんですね……」

「今は亡き大奥様はリンドベルド公爵家の出身で、アンドレ様が公爵家当主にふさわしくないと先代が切って捨てた際に、リンドベルド公爵家の次代は自分の子供――つまり旦那様になるのだと思っていたのです。そのため、旦那様は大奥様にいろいろと言われていたと聞いたことがあります」

しかしそれが叶うことはなかった。

結局、アンドレ様は結婚し旦那様が生まれ、旦那様を跡継ぎとされたからだ。

「少し考えれば、旦那様の方がアンドレ様よりもはるかにふさわしくないのは分かりそうなのもですのに、人は権力というものに対し魅了されるものですね。困ったものです。そのせいで一番被害を受けるのは、その下の者だというのに」

ミモザは、わたしに背を向けて寝る体勢に入る。

劣等感か。

誰にでもあるだろうし、ない物ねだりしても仕方がない。

だけど、手に届かないと思っていたものが手に届く距離にあれば、人はきっと夢を見る。それはどうしようもない、人の性だと思う。


翌日、ロザリモンド嬢の朝の世話をした後、ミモザと他のメンバーと共に騎士団へと足を踏み入れた。

訓練場の方から声が聞こえてきて、訓練中だということが分かる。

「わたしと彼女は、騎士の寮を担当します。騎士棟の方はあなた方に任せてもいいですか？」

もちろん、と返事をする彼女たちは少しだけ嬉しそうだ。

騎士棟とは、いわゆる騎士団の仕事場になる。現在訓練中の訓練場も含め、騎士たちとの遭遇率も高く、出会いの場になっている。

そして寮の方は、騎士たちが出勤したあと休暇の者以外は残っていない。休暇のものも基本的に惰眠をむさぼるか、意気揚々とデートに出かけるか、領都に遊びにいくかしているらしい。

つまり騎士との遭遇率は低い。

倉庫へは、寮からだと少し遠回りではあるけど、人目のない時間帯なので騎士棟から向かうよりかはいいだろうとミモザは判断した。

こういうとき内部情報に詳しい人がいるととても助かる。


しかし、どこにでも想定外の事態というものはあるもので。


「おや、これはこれは。ミモザ殿じゃありませんか」

軽薄そうな笑みを張り付かせた騎士がミモザに声をかけた。

その顔を見た瞬間、わたしは嫌なやつに会ったと心底思っていた。

「ディラーク卿、このようなところで何をなさっているのですか？　今は訓練のお時間だったと記憶しております」

「いやね？　ちょーっと寝坊しちゃってさ。ほら、昨日お嬢様の我儘に振り回されちゃったから」

にこにこではなくにたにたとした顔に対し、ミモザの眉間に微かに縦皺が寄った。

「おっと、後ろの子は昨日の子じゃないか」

ミモザの後ろに隠れるようにしていたわたしに、ひょいと首を覗かせてこちらを見る。

不真面目そうな騎士だとは昨日から思っていたけど、リンドベルド公爵家だったらありえないくらいの堕落者だったようだ。

「ディラーク卿、早く訓練場に行った方がいいのではありませんか？　騎士団長のお小言を長々と聞きたくないのであれば」

「君は相変わらずお堅いなぁ。それじゃあ一生独身だよ。ああ、もう適齢期すぎてるもんな？このまま一生侍女として生きて行くんだったか」

失礼なことを言い、ディラーク卿と呼ばれた人物がわたしたちの横を通っていく。

「ミモザ殿はとてもまじめな方だけど、君はまだ若いんだから遊ばないとだよー？」

すれ違いざま、わたしに対して意味深なことを言う。その目が確実に下心がありそうな目つきだった。

「遊びたいなら、ぜひ声かけてね？　君意外と可愛いっぽいから」

絶対に声なんてかけませんけどね！

力強く反論して、頭を下げる。一応向こうの方が立場が上なので、ここで絡まれると困るのだ。

ミモザもいるからか、ディラークは手をひらひらと振って離れていく。

「彼は旦那様経由の縁故採用なんですよ。そのせいか、団長さえも手に負えないのです。一応、主人である旦那様からの命令には従いますが、それ以外は全くと言って仕事をしようとしません」

縁故採用が悪いわけではない。しかし普通は、口添えをしてくれた相手へ迷惑をかけないように努力するものだ。

だけど、ディラークはそうではないらしい。ランブルレーテ辺境伯の後ろ盾があるためか、好き勝手やりたい放題で、騎士団の風紀を著しく乱しているそうだ。

「彼に関わると良いことはありません。近づかないようにしてください」

「分かっています。わたしも好き好んで近づきたいとは思いませんので」

真面目に返すと、よろしいと言わんばかりにミモザが頷く。

そして、こちらですと、寮の中を突っ切っていった。その後ろをわたしがついて行く。

訓練中ということもあって、人気はない。倉庫の鍵はミモザが持っていた。むしろ、鍵の束を持っている。

それ、統括執事の持つべきものじゃないかなぁ……

そう思いつつも、突っ込みはしない。

「こちらですね」

見た目にはどこにも変わりはないけど、床に触れてみると一部だけひんやりしている。見た目は同じだけど材質は違うようだ。

そこを押すと、取っ手のようなものが現れる。それを2人で引っ張ると、人一人が通れるような入り口が現れた。地下に続く階段が下へ長く伸びていた。

「気を付けてください」

薄暗い階段を下りていく。

ミモザが右手で小さなランプを持ち、もう片方の手でわたしの手を握り誘導してくれる。

「この先に分かれ道があって、それを右――でしたよね？」

「はい、地理的にも右が旦那様の私室の方でしょう」

わたしはランブルレーテ辺境伯の私室がどこか分からないけど、ミモザはよく知っている。というよりも、ミモザに知らないことなどないのではないかと思う。

「地下に繋がっていると、少し涼しいですね」

「南は皇都に比べるとやや暑いですから。リーシャ様は北部の出身だとか」

「はい、向こうは夏でも涼しいですよ。おかげで作物はなかなか豊作とは言い難いですけど」

「避暑地には向いていそうですね」

「避暑地にするには田舎すぎて、貴族はきませんよ。彼らが向かう所はもっと栄えた領地です」

でもその田舎をわたしは今でも好きだ。

そういえば、結婚してから帰っていないなと思い、もしこの件が上手く解決したら、一度帰ってみようかと思った。

できれば旦那様も一緒に。わたしの生まれ故郷を見てほしいと思う。何もないし、あまりいい思い出があるわけでもないけど、守ろうとしたものを見てほしい気持ちがあった。

「リーシャ様、こちらですね」

いくつかの分かれ道を進み、ミモザが行き止まりの壁に触れる。

すると、壁に偽装した扉がギッと開く。その先には階段だ。

「この時間はすでにご家族の私室は全て掃除を終えているはずです。まずはわたしが様子を見に行きますので、しばらくこちらで待機していてください」

「はい」

見つかったとしてもミモザなら言い訳も立つ。

古参のメンバーは緊急時の脱出方法などを知らされている場合があるので。

ミモザの場合、普段よく行き来する場所の抜け道は教えられているらしい。もしもの時は、他の使用人を誘導し逃げられるように。

そのため、領主一族が使う抜け道は知らなかったようだ。

階段の先には壁だ。さっきは床に抜け道があったけど、私室に繋がる場所は、壁に入り口があり、わたしはすこし下がって身を隠すように階段で待つ。

ミモザが先に部屋に入り、しばらくすると、再び戻ってきた。

「大丈夫そうですので、どうぞこちらへ」

壁を押して中に入る。

そして、少し驚く。

「リンドベルド公爵家の——旦那様の執務室にそっくりですね」

それぞれ家具の材質は異なるだろうけど、雰囲気がそっくりだった。というか、配置が同じだった。おいてあるランプの位置や絵画の位置までも。

ミモザの昨夜言っていたことが思い出された。

次期リンドベルド公爵家当主だと母親から言われていたと。その思いが、この執務室にも表れているのではないだろうかと思うと、執着の度合いは相当なものだ。

「リーシャ様お早く」

「分かってます」

ミモザと手分けして、ロザリモンド嬢の教えてくれた隠し場所を探していく。

二重底になっている机の引き出しや、一見本のような入れ物。

いろいろと隠し場所があることに驚いたけど、もしかしたら旦那様の執務室にも同じようなものがあるかもしれない。

今まで意識していなかったけど、今度少しだけ気を付けて見てみよう。

「リーシャ様。こちらを」

先に怪しいものを見つけたのはミモザだった。

束になった手紙。宛先人はない。

隠してある手紙は、怪しさしかないけどゆっくり読んでいる時間はない。

しかし、その手紙が隠されていた隠し棚のところには、さらに一枚の用紙。

そこに書かれているのは第二皇子殿下を支持し、皇帝陛下になった暁には自分たちを重用するということが書かれている。

ただし、そこには印章が四つ並んでいた。

第二皇子殿下の他に、ランブルレーテ辺境伯家、そして残り二つの家門。

「これだけで証拠になるかは分かりませんが、少なくとも第二皇子殿下の関与は防げるかと思います」

支持するとは書いてあるし、実際に皇帝陛下の座を狙っているようなことも書かれているけど、これだけでは相手を追い落とすのは難しい。

皇太子が決まっていようと、第二皇子にも一応皇帝になる権利はある。正々堂々戦うことを前提にした同盟であるのなら、むしろうるさく騒ぐ方が後ろ暗いことがあるのではないかと疑われる。

だけどこれの存在は牽制にはなるし、第二皇子殿下派閥の抑止力になるはず。

どうせ、旦那様への疑いに対する証拠などでっち上げ以外で見つけることなどできないのだから、向こうの動きを封じれば早い段階で旦那様は解放される。

少なくとも、アンドレ様が上手いこと対応してくれることだろう。

いろいろ探しては見たものの、これ以上のモノは見つからないので、それをしまい込む。

そして、ミモザと一緒に立ち去ろうとしたとき、こちらに向かってきている足音が聞こえた。

「リーシャ様、先に行ってください」

「え？　一緒に戻らないのですか？」

「荒らしたわけではありませんが、普段触らないようなところに触れたのですから、それなりに体裁を繕う必要がございます」

確かに、絵画の裏とか探したら、埃が微かに舞ったし、ほかにも形跡が微かに残る。だけど、ミモザ一人だけ残すのは戸惑われた。

「わたしなら大丈夫です。それなりに信頼はされておりますし、すぐに後を追います。リーシャ様は裏口から外に出て、そのままここを離れてください。お嬢様のこともお気になさらずに。むしろ、気にされていると知ったら、お嬢様は余計なことをしでかしそうなので」

ミモザがさあ早く、と背を押す。

わたしがいる方が邪魔なのだと感じ、わたしはミモザに言われるまま来た道を戻った。

一人になると、やはり心細さが襲う。

だけど、懐にしまったものを持ち帰る方を優先した方が、結局ロザリモンド嬢とミモザのためになるのだと気持ちを立て直すように、前を向く。

時間にしたら、そんなに経っていない。

訓練場の方から掛け声が聞こえてきて、まだ訓練中なのだと知る。人気がないのはありがたい。

わたしは裏門の扉を押した。

よく、人が一番気が抜ける瞬間は、最後の締めの段階だという。

そして、わたしもまさにそうだった。

門を押して外に出れば、レーツェルを呼んで帰るだけ。レーツェルの足の速さなら、たとえ追っ手が来ても振り切れる。

緊張していたものが緩んだ。まさにそのとき。

「こんなところで何をしているのかなぁ？」

間延びした声に、大げさなくらい肩が上下した。

まずい！　と思ったときには、背後の木の陰から姿を現した。

「そんなにビクつかなくてもいいんじゃない？　それとも、何かやましいことでもあるの？掃除をさぼってこんなところにいると、あらぬ疑いをかけられてもおかしくないよね？」

「ディラーク卿」

訓練に行ったんじゃなかったの!?

そう叫びたかったけど、できるだけ平静を装って相手と対峙した。

平然としているべきだった。

だけど、心のどこかで油断していた。その結果、あからさますぎるくらい反応をしてしまった。気付いたときには遅いけど、どうやって切り抜けるかわたしは頭をフル回転で動かした。

ゆっくりと近寄る相手に、わたしは一歩後ずさる。

「それで、何してるの？　こんなところで」

むしろそっちこそこんなところで何をしてるのか、ぜひお伺いしたいですよ。

「頼まれごとをしまして」

「ふーん？　頼まれごとねぇ。ミモザ女史に？　かわいそうに。こき使われているのかな？」

ずいっと密着するくらい身体を寄せてきたディラークは、耳元に息を吹きかけるように囁く。

その瞬間、ゾワッと全身に鳥肌が立った。

「新人の使用人として、教育係であるミモザさんに従うのは当然かと」

「ミモザ殿を庇うなんていじらしぃー。あの人邸宅じゃあ恐れられているからさぁ。怖くて逆らえないって、みんな言ってるよ？」

みんなとは一体どちら様で？

確かに勘違いされそうな雰囲気はあるけど、真面目で仕事ができる人だ。気遣いもでき、気転も利く。

こんな軽薄な男に引っかかるような馬鹿女の言うことは信用ならない。

「特に若くてかわいい子にはあたりがきついんだって。これって嫉妬だよねぇ？」

「さぁ？　わたしには何とも……」

というか、あなた訓練中なのでは？　ねえ、どうしてここにいるわけ。もし、逢引する予定ならば、ぜひともそうして。わたしに絡まないで。

「君さぁ、擦れてないようねぇ。なんか初々しくて、汚したくなるんだよねぇ」

頬に触れようとしてくる手を避けて、わたしが睨む。

「やめてください、大声出しますよ！」

「別にいいけどぉ？　それで困るのは、どっちだろうね？　お嬢様のお気に入りさん」

わたしにやましいことがなければ、大声上げても問題ない。

だけど、今わたしは他家の秘密に触れていて、しかも懐には盗み出した手紙がある。

ディラークは不真面目で軽薄だけど、一応この家に正規で雇われている。彼の信頼度が底辺だとしても、わたしよりはましなはず。

彼が一言余計なことを言えば、ディラーク以上に困るのはわたしのほうだった。

だけど、弱みを見せれば付け入られる。わたしは、感情を隠して言い返した。

「わたしの方は何も困ることはありません」

「ふーん？　じゃあ呼んでみる？　ふしだらな新人だと思われて追い出されるかもしれないね？」

それだけで済むなら、それでもいい。だけど、ディラークは笑みを深めていった。

「でもさ、俺見ちゃったんだよね。君が倉庫から出てくるところ。あそこは侍女には用ないでしょう？　だからさ。もし俺がうっかりそれを口にしちゃったら、君どうなっちゃうんだろうねぇ？」

「見間違えでは？」

「そう思うなら、叫びなよ。助けてください！　ってね。どうする？　口止めしたかったら口止め料とか必要だと思うけどね」

ああ、本当に。

こんな男が騎士団の一員とかランブルレーテ辺境伯家も終わってるんじゃない？　真面目に仕えている人には悪いけど、これの後ろ盾がトップとか、無能さを知らしめてるよ。

なんか、必死になってるわたしがバカみたいに思えてくる。もしかしたらこのままランブルレーテ辺境伯の思うがままに計画が進んで、リンドベルド公爵家が乗っ取られるかもしれないとか思っていた自分が、信じられない。

はっきり言えば、わたしが何かしなくても、勝手に墓穴掘って自滅していく気がした。

「一応聞いておきますが、どんな口止め料をお望みですか？」

「君の誠意によるなぁ。まずはここで少しくらい味見させてくれるとか？　外って誰かに見られるかもしれないっていう背徳感でゾクゾクする」

頬滑る手の感触に総毛立つ。

凍るような瞳で睨むと、相手は愉悦を浮かべた。まるで、自分が捕食者のように楽しんでいる。これは、彼にとっては遊びの一種なのだ。

もういいかな？　どうせ逃げ出すだけだし、ちょっとくらい騒ぎにしても問題ないよね？

この距離ならミシェル直伝の足技がきっと華麗に決まるはず。

向こうはわたしが言いなりになる弱者とでも思っているのか、油断している。

「さて、まずはどうしようかなぁ」

壁を背にして追い込まれる。

考えているうちに足を振り上げるタイミングを逃したけど、足を思い切り踏むくらいはできる。

ヒールが低いけど、足先を思い切り踏まれればさすがに隙くらいはできるはず！

わたしは覚悟を決めて、踵を浮かす。

しかしそのとき。

シュッと風を切る鋭い音が聞こえ、その瞬間ディラークの動きが止まった。

ディラークよりも小柄の人物は、フードを目深にかぶり、短剣を彼の首元に当てている。

「それ以上触れると、首が飛びますよ」

静かな、そして怒りや汚らわしいものを心底嫌悪するかのような、声音。

フードが微かに揺れ、短い黒髪が揺れ、いつもよりも爛々と輝く黒い瞳が睨む。

その人物は、紛れもなくリンドベルド公爵邸にいるはずのミシェルだった。

「早く離れてください。あなたが触れて言いような方ではありませんので」

いまだかつて聞いたことのない低い声で、ミシェルがディラークを脅す。

ディラークは首筋に当てられた短剣に慄き、わたしに触れている指が震えていた。

「お、俺が誰か知っているのか!?」

よくこの状況で強がれる。

変なところに感心していると、ミシェルが首に刃を微かに埋めた。

一筋の赤い血が流れ、それにディラークが動揺する。

「知りませんよ。でも、知ったところで意味はないので自己紹介は不要です」

ミシェルじゃないみたい……。

ゾッとするほど冷たい目に、わたしまでゾクリと肩が震えた。

ディラークがミシェルの本気を感じ取りゆっくりと離れていき、逆にわたしを庇うようにミシェルが間に入る。

「す、すぐに騎士団の連中が駆けつけてくるぞ！　こんなに騒いでいるんだからな!?」

騒いでいるのはディラーク一人だけど、確かに声が大きい。

ははは、っと引きつりながら笑っているディラークだけど、この状況がよろしくないのはこちらも同じ。

「ミシェル！」

「大丈夫ですよ、すでに根回しは済んでおりますので。主人が悪の道に染まるのを黙って見ているような方はいないんです」

「ど、どういうこと？」

もっと分かりやすく説明を求めても、ミシェルはそれ以上教えてくれなかった。

というか、若干怒ってる？　わたしに対して。心当たりがありすぎて、何も言えないよ。

「それで、リーシャ様は危険を冒した分だけの成果は手に入れたんですか？」

振り向きざまの笑顔が怖いです、ミシェル。

「こ、これをね？」

手紙を取り出しミシェルに見せる。するとミシェルはそれを一瞥し言った。

「わかりました。あとはアンドレ様にお任せしましょう。きっと素晴らしい手腕ですべてを収めてくださることでしょう」

ものすごい棘のある言い方だった。

ミシェルにしては本当に珍しい。

「迎えの馬車を用意していますので、こちらに」

「あ、レーツェル……」

「大丈夫です。彼女も馬車の側にいますので」

凄んだ笑みが怖いんですけど！

わたしに怒っているのは当然として、それ以外にも鬱々とした不満がくすぶっているようだった。

さすがにそれを詳しく聞くと、止まらぬ文句と叱責の嵐になりそうなので、自ら聞くことはできなかった。

叱られるのは仕方がないけど、できれば全部終わってからにしてほしい。

「さて、リーシャ様。今のことをクロード様に黙っていてほしければ、僕の説教をじっくり聞いていただけますよね？」

「……も、もちろん。でも、あの。その前にロザリモンド嬢が――」

「ええ、分かっています。ですが、先ほども言いましたが問題ありません。ロザリモンド様が危険な目に合うことはありません」

「それならいいんだけど……」

「全くよくありません！　なぜこんなことをしでかしたのか、ぜひゆっくりとお話ししましょう。皇都までは長い道のりですので、たくさん話す時間はありますよ」

にっこりと笑う顔。しかし、当然の如く、その目は笑っていなかった。

「リーシャ様の考えることなんて、お見通しですよ。ランブルレーテ辺境伯と第二皇子の密約の証拠を探しに行くと言うと思っていました」

ですよね。ミシェルだし。

「当然、僕はついて行くつもりでした」

うん、わたしも気になっていた。ミシェルならきっと嗅ぎつけてくるだろうと。

だけど、結局ミシェルは姿を現わさなかった。

そこで、ミシェルが眉を寄せてため息をつく。

「僕を止めたのはアンドレ様です。リーシャ様がリンドベルド公爵夫人として自覚するために必要なことだとおっしゃって。リーシャ様に必要なことだと言えば、僕だって邪魔はできません。アンドレ様が何を考えているのか分かりませんでしたし。ですが、リンドベルド公爵家の騎士の動きがおかしくて、そこでようやく理解しました。僕をリーシャ様から引き離せれば理由なんてどうでもいいことが」

「どういうこと?」

「僕は、アンドレ様がリーシャ様を無理矢理危険に巻き込んだとしか思えませんでした。最も手っ取り早く相手を押さえる方法は現行犯です。証拠を探すよりも確実です」

ミシェルが、苛立ったように説明した。

「おそらく、ランブルレーテ辺境伯家に向かったリーシャ様の存在を向こうに流す手筈になっていたのだと思います。そうすると、どうなると思いますか?　リーシャ様はランブルレーテ辺境伯に捕らえられるか、邪魔者として消されるかされるはずです。ですが、その前に介入すれば、リンドベルド公爵夫人殺害未遂容疑で身柄を確保できるんです」

ミシェルが髪をかきあげ、卑屈に笑う。

「まさか、義理の父親がそんな手を使うとは普通思わないでしょう？　ですが、どうやら事実のようです。騎士団長の側に公爵家の騎士がいましたので」

「そうなの？」

「ええ、間違いありません。クロード様ほどではありませんが、僕も記憶力はいい方なので」

わたしの知らないところで、同時にいろいろな思惑が動いていた。ミシェルは、アンドレ様への疑惑が無視できず、結局追いかけてきたそうだ。

「でも、あまりにも手回しよくない？　いくらランブルレーテ辺境伯家が親戚で騎士団の人間と顔見知りだとしても」

「この件を仕組んだのは全てアンドレ様だとすれば、納得できます。すべて準備を整え、この一件を企てた……。その目的は僕には分かりませんが、きっとクロード様も今頃は気付いていると思いますよ」

ミシェルが、確信したように断言した。

そして、ミシェルの断言が真実味を増したのは、わたしが皇都に戻るとすぐさま旦那様が解放されて、邸宅に戻ってきたからだ。

戻ってきて早々、邸宅にいるアンドレ様を射殺す勢いで睨む。

大丈夫ですか、とも心配しましたともいう暇がなく、苛立つ旦那様に、誰もが恐れをなして逃げ出した。

しかし当然わたしは逃げ出す訳にもいかず、応接室で2人を見守る役目につく。それに、わたし自身今回の件は色々と聞かずにはいられない。

アンドレ様は旦那様の様子に慣れているとでもいうようにゆったりと椅子に腰かけた。

「無事で何より、私が再び当主にならずに済んで重畳《ちょうじょう》」

「ええ、本当に。おかげでゆっくりすることができました」

「仕事のしすぎだからね。よかったじゃないか」

旦那様の嫌味にも、笑顔一つで返すと、舌打ちしそうな旦那様がアンドレ様を睨んだ。

どうやら旦那様はすでにあらかたの事情を知っている様子だった。わたしが動いたのはアンドレ様の言葉が多少なりともあったけど、旦那様は完全にアンドレ様がわたしを誘導したと思っていた。

でも、今にして思えば誘導されたと思わなくもない。

旦那様の追及に、アンドレ様は肩を軽くすくめた。

「リーシャを危険な目にあわせて、私が黙っているとでも？」

どうやら旦那様はすでにあらかたの事情を知っている様子だった。わたしが動いたのはアンドレ様の言葉が多少なりともあったけど、旦那様は完全にアンドレ様がわたしを誘導したと思っていた。でも、今にして思えば誘導されたと思わなくもない。

旦那様の追及に、アンドレ様は肩を軽くすくめた。

「それが一番手っ取り早かったんだ。私は無駄なことが嫌いでね、白黒早くつけたい性格なんだよ」

「それで納得するとでも？」

「納得しないだろうけど、今回のことはクロードに大いに原因があるのだから、仕方ないんじゃないかな？」

自分のせいでわたしを巻き込んだんだから、黙ってろってことか……アンドレ様も結構言い返すよね……。

親子の会話に、わたしはただはらはらと見守るしかない。

「皇族に喧嘩売って面子を潰したんだから、相手だって報復くらい考えるでしょうに」

「あなたと皇太子殿下が、回りくどい手を使ってランブルレーテ辺境伯をそそのかしたんでしょう？　このままでは国の舵取りが上手くいかなくなると思って」

「そんな決断を下すしかなかったのは、あまりにもお前が敵を作りすぎたからだ。お前はもっと周囲をよく見なさい。敵ばかり作っていたら、いざというとき身動きがとれなくなる」

今回のように、と困った子供を諭すようにため息をついた。

「そうでなければ、中途半端にせずに相手を徹底的に潰すくらいしなければ」

アンドレ様は、結構苛烈だった……。思考が旦那様よりも好戦的だわ。

「……今回は、私の甘さが招いたこと。ですが、なぜ一言の相談もなく皇太子殿下と手を組んだのか、それをお尋ねしたい」

「相談したら、止めたじゃないか。クロードが介入すると当事者な分だけ、皇族側に結構なダメージが入るだろう？　皇太子殿下もこれ以上クロードによって皇族の権威を下げられたくはなかったのさ。でも、それを言ったところで、聞きはしないだろう？　さっさと第二皇子殿下の皇位継承権を剥奪させることくらい考えるだろうね」

「皇太子殿下の位を狙っている相手に、何を戸惑うことが？」

「ほらね。だから皇太子殿下も相談できなかったのさ。お前にとってはどうでもいい存在でも、皇太子殿下にとっては弟なんだよ。できれば穏便に済ませたいと思ってもおかしくない。皇女殿下の件がなければ、そもそもここまでこじれていなかったのも事実だ」

皇女殿下は罰を受けた結果、社交界から遠ざかり、まともな嫁ぎ先は望めなくなった。第二皇子殿下は、なんとかリンドベルド公爵家にとりなしてもらえるように頼んだけど、皇太子殿下は、悪いのは皇女殿下の方だろうと相手にしなかったらしい。

その結果、第二皇子殿下は、自分が皇帝となって妹の後ろ盾になり、彼女を輝かしい場に戻そうと考えた。そうして、ランブルレーテ辺境伯と手を組んだのだ。結局のところ皇女殿下を助けたかったゆえの行動だ。

「せめて皇太子殿下にはことの経緯を知らせておくべきだった。そうすれば、殿下の方で介入もできたのに、その暇さえなく皇女殿下の件は処罰された」

「ですが、先にリンドベルド公爵家に対し行動を起こしたのは皇族である皇女殿下の方です。まさか、黙って見過ごせと？」

「極論を言えば、リーシャは無事だったし皇族と揉めるくらいなら、金銭で解決した方がよかったね」

黙って見過ごせとは言わないけど、本人を罰するようなやり方は良くなかった。その結果恨みとなって、お互いにしこりを残すことになり、今回の件に発展した。

「リーシャが無事なら、全てを許せと？」

「クロード、お前はリンドベルド公爵だ。家名を守るためには、非道な決断の一つや二つやりなさい。お前は今回リーシャを巻き込んだ私を許せないだろうけど、私から言わせればお前の命よりリーシャの命の方が軽い。お前を助けるためならば、どんな犠牲だって払うつもりだよ」

それは父親だからというよりも、一族の人間としての言葉だった。

アンドレ様の言う通り、わたしを助けるよりも当主である旦那様を助ける方を優先するのは道理だ。そのためにわたしを命の危険に晒すのも致し方なしと判断した。

旦那様はグッと押し黙った。

一族を率いる当主として、アンドレ様の言ったことはもっともだということを理解しているから反論できない。

妻よりも当主や跡取りを優先するのは、どの貴族の家でも同じだ。

旦那様はアンドレ様を非難することはできない。

なにせ、アンドレ様が今回の件を進めたのは、全て旦那様と一族のためだからだ。

「クロード、私は周囲のことに気を向けて調整して動くのは非常に嫌いだ。それゆえ、父上も私は当主に向かないと判断した。考え方は基本的に白黒つけたがる性格だし、近道があるのならそれに飛び乗るし、基本的には楽をしたい。どれをとっても当主向きの性格じゃない。私がまともなのは、それをきちんと理解しているからだ」

好き嫌いがはっきりしすぎているゆえに、当主に不向きという烙印を押されたけど、アンドレ様自身はかなり有能なのだ。

自分自身で趣味趣向を把握して動ける人ははたしてどれほどいるだろうか。

少なくとも、当主に不向きという烙印を押されても、周囲からの評価が散々でも卑屈にならずに中継ぎの当主となり旦那様にその座を渡せるのは、すごいことだと思う。

そして、今回の件も。

「私に比べたら、お前は少し頭は固いが、一族の長として申し分ないと思う。真面目だし、締めるところは心得ている。楽をしようと思えばいくらでも楽ができる道があるのに、それに飛びつかず自分を律して進める。大事なものを守ろうとする心意気も持ち合わせ、最近は少しやわらかくもなった」

結婚してから、確かに旦那様は変わった。

少なくとも、優しくなったし、わたしを守ってくれていた。

「人は日々変わる。お前が変わったように、皇女殿下だって変わるかもしれない。もっと寛大になりなさい。そうでなければ、今度こそ大事なものを失うことになるからね」

アンドレ様が言いたいことを言い終えると席を立つ。

旦那様は、言い返すこともなくただ沈黙で見送り、わたしもまた旦那様にかける言葉がなかった。

どれほど時間が経ったのか分からない。

日が暮れ始め、茜色の太陽が差し込む。

旦那様は重い息を吐き出して、わたしの方に顔を向けた。

「すまなかった」

「いえ、こちらこそ申し訳ありません」

謝罪から始まり、わたしも返す。

「全ては私の対応が間違っていたから起きたことだ。リーシャの責任ではないが危険なことに巻き込んだ」

珍しくどっぷりと落ち込んでいる旦那様に、少しだけ新鮮な気持ちになった。

実際、いろいろ危ない橋を渡った自覚はある。ロザリモンド嬢やミモザの手助けはあったけど、最終的に助けられた。

「父のやり方には納得できないが、理解はできる」

「わたしも当主教育を受けましたので、理解できます。わたしよりもクロード様の命の方が重いということが」

旦那様が生きていれば、わたしが死んでもまた妻を娶ればいいいし、問題はない。

あえて問題が発生すると言えば、わたしの領地に関することだけど、きっとそれは上手く処理されると思う。

「リーシャの口からそう言われると、辛いな」

傷ついたように揺らぐ感情とぐっと膝の上で握りしめられた拳が目に入り、わたしはどう言えばいいのか分からなくなった。

間違ったことは言ってはいない。だけど、自分を顧みないような発言に、旦那様は苦しそうに俯いていた。

そして、わたしは何が旦那様を苦しめたか理解して、グッと唇を噛みしめた。わたしは知っているはずなのに。残された方がどんな気持ちになるのか。だけど、それを旦那様に押し付けるような発言をしていた。

謝罪は余計に旦那様を傷つけるような気がして、わたしは俯く旦那様に尋ねた。

「側に行ってもいいですか？」

普段なら旦那様の方がわたしの側にやってくる。わたしが自発的に旦那様の側に寄ることはなかった。そのせいか、旦那様は若干驚いたように目を見開き、微かに頷く。

旦那様の手が伸び、わたしは立ち上がりその手に自分の手を重ねた。

座っている旦那様を上から見下ろすように見る。いつもとは逆の立ち位置だ。

見上げてくる旦那様の深紅の瞳にはやはり疲れが見え、そっと頬に触れると、うっすらと旦那様の目が細められた。

「皇城ではどんな扱いを受けたんですか？」

「それほどぞんざいには扱われなかったさ。これでもリンドベルド公爵家当主だからな。いくら謀反の疑いがかかっていようと、貴族として扱われていた。取り調べも形だけされたが、おそらく皇太子殿下の息がかかった者たちだろうな」

厳しい追及はなく、本当に形だけの確認のような取り調べだったらしい。

「軟禁されていただけで、食事も提供されていた。一番精神的にきたのは、君のことだった」

「わたしですか？」

「皇都邸の守りはそこまで固くない。それでも、当主夫妻が住んでいるからそれなりの手練れはいるが、国軍相手では心もとなかったんだ。それに、君が無茶しないか心配だった」

結局、無茶されてしまったが、と旦那様が重ねられた手をぎゅっと握りしめた。

「すみません、本来の役割ならば皇都邸で采配を振るうのが正しいのは分かっていたのですが……」

「私は責める気にはならない。私を助けるためだと知っているから」

どこか憂いを帯びた旦那様の声音に、わたしは旦那様が誤解していることに気付いた。

先ほどの会話で、旦那様がリンドベルド公爵家の当主であり、その当主を助けるために命をかけた、そう思われている。

「だが、命は大事にしてほしいんだ。私の我儘かもしれないが、私よりも先に死んでほしくない」

真っすぐに射抜くように旦那様が言った。

握られた手を握り返し、わたしはゆっくりと笑みを浮かべた。

旦那様はわたしよりも大事な存在だ。それは当主ということもあるけど、それ以上に今はわたしの中でなくてはならない人だから。

だから――。

「わたしもクロード様を助けるために何かしたいと思うのは、おかしなことでしょうか？」

まるでおかしなことを聞いたとでも言いたげな旦那様に、さらに続けた。

「好きな相手を守りたいと思う気持ちに、性差は関係ないと思うのですが」

いつもなら気恥ずかしくて出てこない言葉が、今はつかえることなく自然と言えた。

わたしの言葉に驚いたように一瞬目を見開いた後、旦那様は深々と息を吐き出し、握りしめた手を引き、わたしの身体を引き寄せた。

「クロード様？」

「少しだけ、このままで」

わたしもお返しにそっと抱きしめると、旦那様の腕がさらに強く抱きしめ返してきた。

お互いの体温にどこかほっとした気持ちにさせられた。


次の日、旦那様を叱責したアンドレ様は何事もなかったかのように、食堂に顔を出した。

先に席についていた旦那様は特に何も言わず、黙々と食事をとっている。

「やあ2人とも、おはよう。元気かな？」

ニコニコと愛想を振りまくように、笑顔で元気よく挨拶をするアンドレ様に、わたしは微妙な顔で返事を返した。

旦那様に至っては無言だ。なんとも言えない緊張が走り、わたしは内心で変な汗をかいていた。

アンドレ様は全く気にかけた様子はなく、席に着く。

「リーシャの今日の予定は？」

「え？　ええと……、帳簿の確認でもしようかと」

「真面目だねぇ。たまにはさぼったって誰も文句言わないよ」

アンドレ様はからりと笑った。

「私は今日にでも出て行こうと思う。これ以上この邸宅にいると、クロードがうるさそうだしね」

いやー、それわたしに言われても困りますよ。反応にすっごく困るやつです！

誤魔化すように笑って、旦那様をちらりと見る。

すると旦那様はカトラリーを置いて、アンドレ様に顔を向けていた。

「父上」

「なにかな？」

不仲の父子の間で行われる会話に、その場に居合わせた使用人を含め、全員の目が向いた。

「この度は申し訳ありませんでした」

旦那様が謝罪する。

アンドレ様は、目を瞬かせ肩をすくめた。

「自分で何が悪かったのか分かっているのなら、それでいいんじゃないかな？　まあ、私も人のこと言えた義理ではないけどね」

自ら欠点だらけだと口にして、アンドレ様が苦笑した。

「私よりもリーシャに謝るのが先だろうけど、ちゃんと誤った？」

「ええ」

「本当に？」

アンドレ様がわたしに会話をふり、わたしはこくりと頷いた。

「はい、昨夜に」

「クロードが素直に謝る日が来るなんて、感慨深いなぁ」

そこまで言う？　まあ、アンドレ様とは没交渉だったらしいから、そもそも父親から子供に叱るようなことはなかったのかもしれない。

旦那様を育てたのはおじい様だと言っていたし。

でも、昨日旦那様を叱責していたアンドレ様は、まさに父親の姿をしていた。

「私も自分が悪ければ謝罪くらいできます」

若干ムッとしながら旦那様が答える。

「私に対してはいつだって文句ばかりだったじゃないか」

「それは主に父上が悪いと思うのですが？」

「否定はしないけどね」

2人の間で何があったのかは正確には分からないけど、主に息子が父親に苦言を呈する姿の方が想像できる。

「一晩、いろいろと考えました。そして、私はまだまだ未熟で多くの人の手助けが必要だと言うことを実感しました」

「それはいい傾向だね。全部一人で抱え込まず、少しくらいは任せないと。人一人でできることは意外と少ないのだから」

「本当にそう思います。ですので、リンドベルド公爵家当主として、父上にはこのまま私の側で執務を執り行うように命じようかと思います」


ん？

「ん？」


わたしの心の声をアンドレ様が口に出した。

「未熟である私の補佐には打ってつけでしょう。私さえ陥れたその手腕でぜひとも支えていただけたらと思います」

堂々と命じるように父親に要請する。

いや、これ要請なのかな？　命令って言ったけど、これアンドレ様への強制力あるのかな？

「あのね、頼むならそれ相応の言い方ってものがだね？　いや、それ以前に私は書類仕事が嫌いだから絶対に嫌なんだけど。明日には皇都を出て西にでも行こうと思っているし」

アンドレ様は旦那様の提案を心底嫌がった。

しかし、旦那様は悪徳商人の如くにやりと口角を上げた。

「そうですか。それなら仕方がありません。当主命令に対して一族の者が反抗する場合、当主にはとるべき手段がいくつかあるのですが……。とりあえず、父上の財産は全て凍結します」

「クロード、それは私に死ねと言っているのかな？　そもそも、それは越権行為だよ。私の資産を勝手にどうこうしようとするならば、こちらも黙っていないけどね」

「別にこの邸宅にいれば衣食住は保証されますから大丈夫でしょう。それから父上の不動産系の財産はリンドベルド公爵家に付随するもので、私の好意で配当を分配しているだけにすぎません。そのため、私の一筆で凍結できます。その他の金銭に関してはその大半は私からの仕送りです。凍結まで行かなくとも、仕送りを止めればいいだけです」

アンドレ様が、眉間に皺を寄せてはぁと盛大にため息を吐いた。

「本気なのかな？」

「ええ、心から。もちろん、きちんと報酬分の仕事をこなすのであれば、この先も望む金額は保証しますよ」

天井を仰ぎ、アンドレ様が不満気に横目で旦那様を睨んだ。

「性格が悪いのは変わっていなかったようだ」

「そうでしょうか？　これでもだいぶ丸くなった方だと自覚しています」

同じような深紅の瞳がお互いに牽制するかのように、無言の圧力を発した。

先に根負けしたのは、アンドレ様でぬるくなった食後のお茶を一気に流し込んで席を立った。

「当主の仕事はしない」

アンドレ様がそう宣言すると、旦那様がしっかりと頷いた。

「十分です。よろしくお願いします」

そのままアンドレ様は食堂を出て行った。

一連の流れを固唾を呑んで見守っていたわたしは、冷めたお茶を淹れ直させている旦那様に説明を求めた。

「いいんですか？」

「何が？」

「いや……、その……あまり仲が良くないんですよね？」

どう取り繕っても無駄な気がして、直球で、嫌いな人の顔を四六時中見ることになるけど、ストレスたまらないのかと尋ねると、旦那様がアンドレ様が出て行った扉に目を向けた。

「仲が良くないだけで、嫌っているわけじゃない」

同義じゃない？　と思ったのはわたしだけじゃないはずだ。

「もっと正確に言えば、お互いどう接していいのか分からないと言ったところだな」

予想外の答えに、わたしは首を傾げた。

「私を育てたのは祖父だ。父が教育に関わることはほとんどなく、物心つく頃には父は父であっても他人に近い存在だったんだ」

歪な関係性だけど、それで不都合を感じたことはなかった。

「まさか、この年になって父に叱責されるとは思わなかったな」

そこまで言って、決まりが悪いような顔になった。だけど、どこかうれしそうでもあった。

「少しだけ、自分が子供だという気持ちになった」

「アンドレ様にとっては、クロード様は実際に子供ですからね」

アンドレ様の叱責に旦那様も反発心だけでなく、素直に自身の過ちを受け入れ自分の行いを反省した。それは、アンドレ様が旦那様のことを本気で心配していたのを感じていたからだ。

「たまには、私の方から歩み寄るのも悪くない」

半分くらい脅しでしたけど、とはさすがに言えない。

おそらく、財産を凍結してもアンドレ様にはまだ他に財産はあるのだと思う。やろうと思えば、旦那様から逃げ出すことは不可能じゃないはずだ。

だけど、アンドレ様は旦那様の提案を受け入れた。

まだまだ2人の関係は微妙な距離感だけど、ほんの少しだけ改善した気がして、わたしはニコリと笑みを浮かべた。

「アンドレ様もクロード様との改善を望んでいらっしゃったんですね」

「どうだろうな、ただ私と言い争うのが面倒になっただけかもしれないな」

「本当に嫌ならば、この場に顔さえ出しませんよ」

昨日の今日で、旦那様に対して思う所があれば、様子をみるように朝食の場に顔を出したりはしないはずだ。それに、出て行くにしても口で言う必要はない。

邸宅の主に出立を言うのは礼儀ではあるけど、アンドレ様に限っては旦那様に気を使う必要はない唯一の人と言ってもいい。

「まあ、父上がどんな思いなのかは私の知るべきところではないが、せっかく同意してくれたのだから、ぜひとも今まで私が苦労してきた問題に対して対処していただこう」

先ほどの父と子の雰囲気とはがらりと変わり、旦那様が何か企むように笑う。

え？　なんかいきなり普段の旦那様に戻りましたけど？　アンドレ様との改善関係の歩み寄りとは全く違う方向性に向かいそうですけど？

「あ、あの！　も、もしかして実は結構怒っていらっしゃいましたか？」

「いや？　むしろ父上には感謝している。叱責の件もそうだが、私が当主を引き継いだ際に私を成長させるためにいろいろな問題を残してくださったのだから」

あー、そういえば結婚当初は旦那様は様々な問題に追われていたっけ。

前当主でアンドレ様から仕事の引き継ぎをまともに受けられなかったのは知っていたけど、問題はそれだけではなかった。

アンドレ様の代で起きた出来事に関して、旦那様は今でも苦労している。

それでも多少はマシになり、最近ではようやく落ち着いてきたと言ってもいい。

だけど、まだ残っている先代からの負の遺産に関して、どうやらアンドレ様に押し付け——いや、お任せする算段のようだ。

アンドレ様、当主の仕事はしないって言っていませんでしたっけ？　先代の負の遺産を継承したのは旦那様なのだから、当主の仕事の一環だと思いますけど……。

「以前ならば、父上に頼るなど考えたこともなかったが、今考えれば個人の感情で仕事を増やすのは愚かなことだったな」

どこかすっきりとした様子だけど、なぜかその裏を感じとり、父子の歩み寄りとは……？と考えさせられそうになった。

「さて、とりあえず父上の執務机を準備しなくては」

まあ、何はともあれ。

楽しそうに何かを計画している旦那様に、わたしはアンドレ様の無事を祈った。

外伝　アンドレ視点　息子との距離感

「はぁ、面倒くさいね」

書類を机の上に放り、髪をかきあげ心底うんざりして言うと、それを聞いている我が息子が横目で鋭く睨んできた。それと同時に鋭い嫌味が飛んでくることも予測できた。

「それは父上が当主の頃に起きた災害に対する補償の縮小に関する書類です。本来ならば、あなたが采配を振るい、期限を設けるなりしなければいけなかったのですが、私の元にはそれらしい記載が一切ありませんでした。おかげで、補償の打ち切りまたは縮小の件では相当揉めましたよ」

案の定だった。クロードに冷たく返され、私はため息を一つ零す。

それにさえ反応し、ピクリと眉が動くクロードに、ストレスにならないか少々心配になる。自分の言動のせいだと分かってはいるが、生来の性格を変えることはできない。というか、変える気もない。

息子の前で演技するのも馬鹿らしいし、そもそも執務を押し付けられた側なのだから、少しくらいの愚痴は許してほしいものだ。

「仕方なかったんだよ。当時はかなりの被害だったし、将来的な補償も加味すると期限を決めることもできなかったんだ」

「一時的な期限を決め、無理なら延長すればよかっただけです。私が引き継ぎをまともに受けられなかったせいで、数年の補償資金を無駄にしましたよ。この金額で、いろいろなことができたはずです」

「正直ね、ロックデルがそこまでだとは思っていなかったんだよ」

「ちなみに言いますと、執務の引き継ぎをするのは父上の仕事です。ですが、あなたは当主を退いた翌日にはさっさと家を飛び出していきましたよね？　あのときはさすがに少々唖然としました」

「驚くことの少ない君を驚かせることができて、私はとてもうれしいよ。というか、そんな感情が残っていたんだねぇ」

茶化すように言えば、ギロリと睨まれた。

息子を揶揄うと楽しいと思ったことはなかったが、今になって人間らしい感情を向けてくるクロードを見ていると、余計なことを言いたくなる。

まあ、私の性格が悪いのはクロードもよく分かっているようで、睨むだけで嫌味も罵倒も返ってこなかった。

言っても無駄だと思われている。

「ところでさ、そっちの彼が居心地悪そうだから、執務室は別にした方がよくないかな？」

私の正面で書類仕事をしているのは、クロードが声をかけて引き抜いてきたと言っていた秘書官だ。正直、私の目には書記官にしか見えない。

まあ、どっちも同じようなものかと納得し、ディエゴと紹介された彼を上から下まで眺める。クロードとは違ったベクトルの可愛い雰囲気を持っている彼は、かなり有能なのだろう。クロードと私の会話に挟まれて、大変居心地悪い思いをしながら、自分は何も聞いていないと念じているかのように、書類から目を離さない。

顔に出やすい彼は、意地悪い性格が多いリンドベルド公爵家の中ではなかなか珍しいタイプのようだ。

どちらかと言えば、リーシャの護衛騎士をしているミシェルの方がクロードの側近に見える。そういう意味ではロザリモンドもなかなかいい性格をしているので、クロードとの相性は悪くない。

クロード自身はロザリモンドを避けているが、言い負かされるのが分かっているからだ。

何を言っても自分を通すロザリモンドは、命令し慣れているクロードにとって天敵に近いかもしれない。でも、そういう存在はある意味得難いものだ。

「気にしないでください。私たちの会話を気にできる余裕など、ないはずですので。そうだな、ディエゴ」

「はいぃ！　自分は何も聞いてません‼」

うわぁ、スパルタだなぁ。というか、恐怖政治だなこれは。

強制的な返事にちょっとかわいそうになってきた。私ならこんな主に仕えたくない。

「というかだね、この部屋ちょっと手狭じゃないかな？　私は別に一人で執務できるから部屋でやるよ」

皇都邸の当主の執務室に新たに整えられた一画は、私専用だ。

当主の頃は今クロードが使っている重厚な机を使用していた。とはいえ、そのほとんどを統括執事だったロックデルに任せていたので、せいぜい決済の最終確認をするぐらいだったが。

当主を退き、自由を謳歌していた自分が、まさかこの年になって真面目に執務に取り組むとは思っていなかった。

現役時代よりも長くいる気がする。それを言ったら、クロードからまた冷気が出そうなので言わないが。

「一人でやれば逃げるでしょう、間違いなく」

「クロード、君は私をなんだと思っているのかな？　一応自分で決めたことだ、執務はきちんと手伝うよ」

　手伝いはするが、もう少しのんびりやる。休憩もする。内心でそう考えていると、さすがは息子。私の考えなどお見通しだ。

「休憩時間が長くなり、結局終わる気配が見えない気がします。そして最終的に私がやるはめになるでしょう」

「よく分かったね」

　悪びれもなく言うと、クロードの眉間に縦皺が増えた。

「それでよく手伝うなどと言いましたね」

「私はさっさと自由になりたかったのに、それを無理矢理足止めしたのはクロードじゃないか。嫌なら私に関わらなければいい」

「最低限の仕事もしない相手にくれてやる無駄金はどこにもありません」

　さらりとクロードが切って捨てた。

　まったく、融通の利かない息子だと、大げさに肩を落とし、仕方なく書類と格闘する。だけど、世間話くらいは許してほしい。

　会話もないのはつまらない上、作業効率が落ちる。

　わたしは賑やかな方が好きなタイプだが、クロードは私とは真逆で、なんというか、父上をみているようだ。

父上に育てられたのだから似るのは当たり前だとしても、もしかしたら遺伝子的にも私よりも父上に似たのかもしれない。

私に似ている要素と言えば、やはり顔立ちだろうか。

「そういえば、ロザリモンドは大丈夫だったかな？」

「ランブルレーテ辺境伯家の騎士団はまともだったので無事ですよ」

「それは重畳。保護するように話はつけておいたけど、上手く保護してもらえたようで何よりだ」

ランブルレーテ辺境伯家がしでかした一連の件、これは偶然ではない。きっかけを作ったのは私と皇太子殿下だ。お互いの利のために仕組んだものだった。

皇族とリンドベルド公爵家の不仲は、長引けばいいことはない。

皇女殿下との一件で、クロードは皇族のほとんどを敵に回してしまった。もとはと言えば皇族側の行いのせいではあるが、負の感情の吐け口にクロードはもってこいだった。当事者であるし、若輩者でもあったから。

様々な特権を有しているリンドベルド公爵家は皇族にとっても頼もしい存在であると同時に、自分たちを脅かす敵でもあった。

そして、皇女殿下の一件で敵である認識を強め、リンドベルド公爵家へ向かう寸前だった。クロードなら上手くやるかもしれないが、それでも被害はそれなりに出ただろう。

穏便に済ませるためには、クロードを排除してことを進めるしかなかった。

皇太子殿下も自分の家族に対し思うところがあったようで、こちらの思惑に乗ってくれたので話は早かった。

自作自演ともいえるこの一件で、皇太子殿下は完全に他の兄弟を皇位から排除し、父王に早期退位を求めることになっていた。

親兄弟に対する情はあるが、その情で国を揺るがすことはできないと考えられる思考は、国のトップとしての資質として好ましいと思う。

ランブルレーテ辺境伯家は、今回の件で切り捨てられることになっていた。

もともと、資質的に辺境を任せるには危険思考が根付いていたのだから仕方がない。

国内で自身の派閥を育て、リンドベルド公爵家を乗っ取る算段を考えるよりも先に、もっと外に目を向けなければならなかった。それが辺境伯家の役割だ。

先代はまともだったが、その妻であるリンドベルド公爵家の娘がまともでなかったせいでこんなことになったのだと思うと、さすがに歴代のランブルレーテ辺境伯に申し訳なくなる。

ある意味で、リンドベルド公爵家のせいで落ちぶれたと言えなくもないからだ。

そんなガタガタな内情のランブルレーテの辺境を守る騎士団は、まともでない家でもしっかりと自分たちの役割を果たしていたのは助かった。

おかげで話が早かった。

自分たちが仕える家に牙をむくことになろうとも、守るべきものは辺境に住まう領地民であり、国であるという信念が、彼らを動かした。

少し前に、国を揺るがす謀反の疑いでランブルレーテ辺境伯と跡継ぎが捕らえられたと世間をにぎわしていた。

「ロザリモンドはなかなか肝の据わった女性だから、一人でもきっとうまく切り抜けたかもしれないね」

「ランブルレーテ辺境伯家は私にとっても面倒な親族だったので切り捨てるのはやぶさかではありませんが、ロザリモンドの面倒を最後まで見なければいけなくなりました」

「いいじゃないか。一応君の婚約者候補だったんだから。それに、ロザリモンドだってただ居座るわけじゃないんでしょう？　リーシャがロザリモンドがいてくれたら助かるって言ってたよ。気が合うんだね、あの２人」

「そのようですね」

「良くも悪くも、彼女はリンドベルド公爵家のことをよく分かっているからねぇ。教師役にはうってつけではあるよ」

本来は私の妻が次代の女主人の教育を担うが、すでに亡くなっているので、リーシャは手探りで学ばなければならなくなった。家政を取り仕切っていたミリアムがリーシャの力になってくれれば問題なかったが、彼女は大それた夢を見て、リーシャを冷遇していたらしい。

クロードは私とミリアムが男女の関係だったのではと疑っているが、さすがに部下の妻に手を出すことはない。

あの時は、エリーゼもまだ幼くミリアムとエリーゼ2人には庇護者が必要だった。そのため、邸宅に呼び寄せ仕事を任せたのだ。

娘のいない私はエリーゼを可愛がっていたのは紛れもない事実で、結婚するときにはきちんと後見人として持参金くらいは持たせるつもりだった。

しかし、いつからか2人との関係性がおかしくなり、しかし一度受け入れた人物を追い出すことは難しく、結局クロードに全部丸投げた。

私が介入するよりは、クロードの方が切り捨てるにしろ、内に入れて飼いならすにしろ、世間体的に悪いようにはならないからだ。

その辺が無責任で最低な父親の自覚があるので、クロードが私を嫌うのも理解できる。

だからこそ、今こうして机を並べて執務しているのは奇跡のようなことだ。

「父上、手が止まってます」

「とはいってもだね、私が頭を悩ませるよりも君がやった方が早いと思わない？」

「手伝うのか邪魔しているのか、ぜひとも伺いたいところです」

金が要らないのなら出て行っても構わないってことか。

金はあって困ることはない。何をするにもまず資金が必要だからだ。しかし、私にだってクロードが知らない財産はある。

まあ、きっとクロードはそのことだって知っているんだろうが。

知っていても、それを知らないふりをしているのは、私を縛り付ける気はないということだ。

今こうしているのは、クロードなりの歩み寄りで、私はそれを受け入れた。

父子として過ごすのは悪くない。だけど、やはり長い間すれ違った関係は、そう簡単に解けることはない。

「そういえば、結婚式とお披露目の舞踏会をすると聞いたけど、今回はもちろん招待してくれるんだよね？」

「まだ先になりますが、この邸宅にいるのなら招待してもいいです」

素直じゃないなぁ。参加してくださいって言えばいいのに。

まあ、そんな皮肉交じりの言葉さえも可愛いと思えるのは、やはり私が父親だからだろうか。

いつかクロードとリーシャの子供を抱くときがあれば、クロードじゃあ絶対教えないような遊びをたくさん教えてあげよう。

人生の楽しみ方は、私の方がはるかに知っているのだから。

外伝　クロード視点　父との距離感

朝食後、時間になっても執務室に現れない父に、まさかと思いながらラグナートを呼ぶ。するど、意外なほど早くラグナートがやってきたので、もしやという思いが脳裏をよぎった。

「父上は今どこにいるか知っているか？」

「先ほど、お出かけになられました」

ラグナートは困ったような顔さえ見せず、穏やかな笑みを浮かべながら答えた。何か問題でもございましたか？　と続きそうだ。

「なぜ止めなかった？」

今は執務の時間だ。父が仕事を放り出して出かけるのを許したのはなぜか問いただすと、悪びれもなくラグナートが言った。

「旦那様の許可を得ているとおっしゃったものでして。確認するよりも先に馬車に乗り込んでしまわれたので、止める暇もありませんでした」

なるほど？　ラグナートでも止められなかったと？

嘘だな、とすぐに分かる。もし本当にラグナートが止めようとすれば、おそらく止められたはずだ。

「一、人でか？」

「リーシャ様とミシェルが同行しております」

正確には、リーシャが出かけるのについて行っただろ？

朝食の席で、今日はミシェルと出かけると言っていた。確か、親しい友人とお茶会があるのだとも言っていたと思い出す。

リーシャの親しい友人とは、ミシェル経由の友人だ。私も会ったことがあるが、リーシャとは気が合うようで何よりだと思う。

そのお茶会のときのドレスを新調するらしい。リーシャ自身は、まだ着たことのないドレスがワードローブにたくさん仕舞われているので、それでいいと主張したが、ミシェルがなんだかんだと理由をつけて外に連れ出すようだった。

出不精のリーシャを時折ミシェルが連れ出すのはいつものことだ。運動不足すぎて体力のないリーシャに少しでも体力をつけさせる目的もあるらしい。

その体力のないリーシャに父がついて行ったとなると、リーシャは相当疲れて帰ってきそうだ。

父とラグナートが２人そろって何を考えているのか分からず、ため息が零れた。

それに反応したのはディエゴだ。きっと私から理不尽な仕事を振られるとでも思っているのだろう。

確かに、八つ当たりするには手頃な相手ではある。ただし、それよりもラグナートの方をジロリと睨む。

「一体何を企んでいる？」

「何をと申されましても……。私は常に主人のことを考えております」

その主人というのが果たして誰なのかは口にしないが、今の状況から考えると主人というのは私のことだ。真実、主人と思っているかどうかはともかくとして。

「私のことを考え、父上の行動を見逃す方がいいと思っているのか？」

「少なくとも、今は距離を置いた方がよろしいかと判断しました。それは私だけでなく、旦那様の父君であらせられるアンドレ様も同意見のようですよ」

意味が分からず、眉間に皺が寄る。

リーシャが常々ラグナートのことを厳しいと言っている意味が分かる気がした。

簡単に答えを教えてくれる相手ではない。

「一体何が問題だ？　邸宅内で父上と諍いを起こしているわけじゃないだろう？」

「諍いは起きておりませんが、起きる前に対処する方がよろしいでしょう」

つまり、私が本格的に苛立つ前に父との距離を離そうとしたということだ。

確かによくサボろうとする父に対し、苛立つこともあるがそれは仕方がない。

そもそも、仕事を放り出そうとする方が問題だ。それは、勉強をしない子供と同じだ。それならば、嫌でもやらせるしかない。私の監視下で。

「旦那様の考えていることもよく分かります。仕事を放棄することは好ましくありません。しかしながら、時には息抜きも必要かと」

「息抜きにしては、だいぶ抜きすぎている時があるようだがな」

棘のある言い方になったが、止められなかった。

少し目を離せばすぐに仕事を放棄し、邸宅内の使用人と楽しく話に興じていたり、時には使用人の女性を口説いているような姿を見る。

女性を褒めるのは紳士の務めだよ、と軽く笑っていたが、女性を口説くことが息抜きというならば、ずいぶんと私の考える息抜きとは違っている。

「アンドレ様は仕事ぶりを褒めていただけでございます。使用人の女性に対し、いかがわしい思いを抱いてはおりません」

「どうだろうな」

皮肉って口角を上げる。否定したラグナートの言葉を疑うということは、完全にラグナートに対しても不信感があると言っているようなものだ。

もしロックデルならば、この時点で嫌味の一つも返しそうなものだが、ラグナートの顔つきは全く変化がない。

「お前は父上のことを知らないからな」

統括執事ではあるが、ラグナートの立ち位置は次代の統括執事を育てる中継ぎに近い。一族の中から選ばれる統括執事ではない他所《よそ》からやって来た部外者。まるで八つ当たりのようにラグナートを他人だと線引きした。

その態度こそ子供じみているが、苛立ちが募っていた。なぜこんなに落ち着かないのか。ここ最近ずっとだ。

ラグナートは私の態度の悪さに苦言を言うわけでもなく、困ったように答えた。

「正直申し上げますと、私は旦那様とアンドレ様がどの程度の仲なのか正確に判断するのは難しいのです。どのような子供時代を旦那様が送り、アンドレ様がどう関わってきたのかほとんど知識がないためです」

それは仕方がないことだ。

むしろ、リンドベルド公爵家の内情を詳しく知らずとも、邸宅内が上手く回っているのは、ラグナートが卓越《たくえつ》した手腕を持っているからだろう。

そんなラグナートを私は侮辱していた。言って良いことと悪いことの判断くらいはつくが、どうしてか今は我慢ができなかった。

「旦那様のお心は、旦那様にしか分かりませんが、これでもお2人よりも長く生きてきたゆえに分かることもございます」

私は口を挟まず先を促した。

「私だけではなく、誰が見ても旦那様とアンドレ様が手探り状態で相手を窺っていることは分かります。それは親子の関係ではなく、赤の他人との距離を見定めるかのようですが、それは仕方がないことだというのは承知しています」

ラグナートの言う通りだ。

子供の頃から父とは距離があった。私に教育を施したのは、祖父であり母であった。父とはすれ違うときに挨拶を交わす程度で、父親というよりも親戚のような人だった。

——やればできる。

それは祖父の言だ。

私の目に映る父親は、遊び惚けているようにしか見えず、はっきり言えばこれが自分の父親なのかと冷めた目で見ていた。

あちらも私が嫌っているのを察してか自ら関係を改善しようとはしていなかったので、父親という認識はあっても、赤の他人のような距離感だった。

父が中継ぎの当主になったとき不安でしかなかったが、そこでようやく祖父の言った、やればできるという言葉を思い出した。

周りの評価とは違い、無難に当主業をしていた。リンドベルド公爵家が傾くのではないかと言われ、外戚からも口を出されたが、それには耳を貸さずに我が道を行っていた。

自分勝手と言われようとも、父は一度たりとも甘い囁きを受け入れることはなかったが。の分やりかけの仕事や未解決な面倒事なども全て当主を引き継いだときに私に持ち越されたのは、怒りも沸いたが。

しかし、私の当主就任に関しては、一切の不満を見せず、逆に不満に思っていた厄介な家臣や親族なんかは父が諌めてくれたので、すんなりと当主になれたことは感謝していた。

側で執務の状況を見ていると分かる。祖父の言う通り、やればできるのだ。当主として力不足ではなく、父も言っていた性格的な適性が当主に向いていないのだ。

「旦那様はアンドレ様のことを快く思われていなかったようですが、今は違いますよね？　しかし、長く距離の開いたものを急に縮めようとすると、どこかで必ず不都合が生じます」

「もういい。分かった」

手を上げて遮ると、ラグナートがピタリと止まった。

「つまり、私が本格的に苛立ち、その苛立ちを周囲にまき散らす前に冷却期間を置いた方がいいと判断したわけだな」

「さようでございます。このままでは旦那様の方が先に参ってしまいますよ。相手を見直し受け入れるのは良いことだと思いますが、しかしながら相手の良いところばかりが常に見えているわけでもございません。むしろ、その逆でしょう」

期待した分だけ相手が自分の期待に応えなければ落胆する。

そこで使えないと切って捨てることもできるが、そうはできない相手だからこそ苛立ちが募り、ここ最近は常に不機嫌な空気をまき散らしていたらしい。

「アンドレ様が側にいらっしゃいますと、良くも悪くも気にかかっているご様子。たまには気にせず過ごした方が心が落ち着きましょう。長い間存在した溝は一朝一夕で解消されるものではございませんよ」

焦っているつもりも、急いで距離を縮めようとしていたわけではない。だが、父との距離感が分からなくなっていたのも事実だったことに気付く。

ラグナートに指摘されるまで全く意識していなかった。

「まずは、少しずつでもよろしいので話をしてみたらいかがですか？　リーシャ様との間で誤解があった際にも感じていましたが、旦那様は圧倒的に会話が足りていません。もっと互いのことを知ろうとしてもよろしいかと思います」

最後は叱責というよりも、まるで子供に言い聞かせるかのようだ。なんとなく、リーシャとラグナートがどんな関係だったのか分かる気がした。まるで祖父と孫のような関係だったのだろう。

そして、ラグナートにとってみれば私もまだまだ子供だということだ。

「さすが、何代にもわたって当主に仕えた人物だ。仕える当主への叱責も堂に入っているな」

「叱責？　これは普通のことですよ。相手を知るために会話を用いるのは基本です」

ラグナートがきっぱりと言った。今のは完全に私に対する叱責だ。

この年になって、まさか人との関わり方について説教をされるとは思っていなかったが、年長者の言葉は素直に聞き入れる方がいい。

「ラグナートの助言を胸に刻んでおくことにする。今日のところは、父上の行動を咎めはしない」

ラグナートにいろいろと指摘される前ならば、戻ってきた父に対しすぐさま怒鳴り込んでいたかもしれない。

しかし、自分の中にある不愉快な苛立ちがなんなのか理解すると、多少は気分が晴れた気がした。さきほどまであった、父に対する苛立ちもかなり薄れている。だが、薄れただけで消えたわけではない。

戻ってきたとき、嫌味の一つくらい言っても問題ないだろう。

「父上が戻ってきたら知らせてくれ」

「かしこまりました。しかし、ほどほどにしてください」

ラグナートが何を危惧しているのか察したが、黙殺した。

結局距離を置いたところで、共に暮らしているのだから反発の一つや二つ出るのは当たり前なのだ。

もうしばらくは、私と父との間でいろいろとあるだろうが、周囲が上手いこと調整してくれることだろう。

主に、ラグナートが。

それを察してか、仕方なさそうに苦笑したラグナートは、きっと私と父の間の緩衝材として大いに活躍してくれることだろう。今日のようにお互いが限界を迎える前に。

この先、私と父がどのような関係になっていくかはまだ分からないが、それほど悪くはならない、そう思えた。

あとがき

三食昼寝付きの4巻をお手にとっていただいた皆様、本当にありがとうございます。

今回は、ＷＥＢの掲載分＋書き下ろし＋外伝となりました。書き下ろしの方は、ＷＥＢ版完結後の話となります。

書下ろしのお話は、いつもはクロードに守られる側のリーシャですが、今回はクロードのために自ら行動を起こします。

また、この巻にはついにクロードの父親が登場しています。というか、もうアンドレの巻と言ってもいいくらい活躍？します。そして、クロードの存在は霞んでます（笑）

今まで名前だけが登場していた人物ですが、果たしてこの先二人にとって吉と出るか凶と出るか。どちらにしても、クロードとは因縁のある相手。嫁の立場のリーシャは色々と苦労しそうです。

本当に、リーシャ希望の三食昼寝付きの堕落生活はどこに行ってしまったのやら。

ですが、なんだかんだと言いながらも、リーシャは今の生活を嫌っていないので、今後も大変忙しく動き回っていそうです。

ちなみに、外伝の方はクロードの父親であるアンドレ視点とクロード視点の話になっております。

遊び人な父アンドレと真面目な子クロードでそれぞれ何を考えているのか、少しでも楽しんでいただけたら幸いです。

最後になりますが、担当編集者様、色々とギリギリになってしまって申し訳ありませんでした。

イラストを担当して下さっている眠介様、今回も素敵なイラストありがとうございます。アンドレのイラストを見た瞬間、イメージ通りすぎて見とれました。

そしてここまで読んで下さった皆様、本当にありがとうございました。

チカフジユキ

２０２３年　10月

次世代型コンテンツポータルサイト

ツギクル https://www.tugikuru.jp/

「ツギクル」はWeb発クリエイターの活躍が珍しくなくなった流れを背景に、作家などを目指すクリエイターに最新のIT技術による環境を提供し、Web上での創作活動を支援するサービスです。

作品を投稿あるいは登録することで、アクセス数などの人気指標がランキングで表示されるほか、作品の構成要素、特徴、類似作品情報、文章の読みやすさなど、AIを活用した作品分析を行うことができます。

今後も登録作品からの書籍化を行っていく予定です。

ツギクルAI分析結果

「三食昼寝付き生活を約束してください、公爵様4」のジャンル構成は、歴史・時代に続いて、SF、恋愛、ホラー、ミステリー、現代文学、ファンタジー、青春、童話の順番に要素が多い結果となりました。

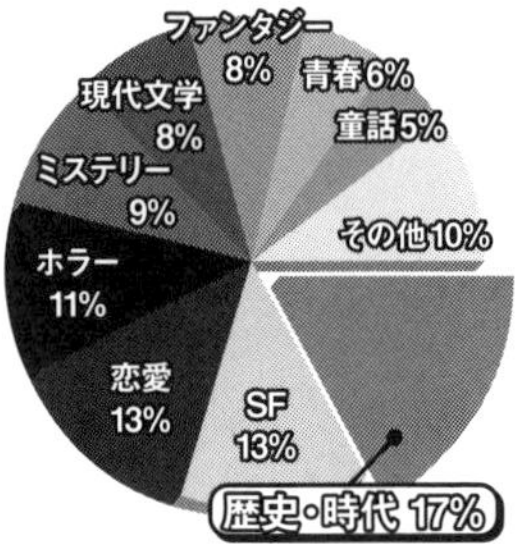

期間限定SS配信

「三食昼寝付き生活を約束してください、公爵様 4」

右記のQRコードを読み込むと、「三食昼寝付き生活を約束してください、公爵様4」のスペシャルストーリーを楽しむことができます。ぜひアクセスしてください。
キャンペーン期間は2024年5月10日までとなっております。

国内主要書籍サイトで好評配信中！
三食昼寝付き生活を
約束してください
公爵様
コミカライズ
特別
立ち読み版
第1話
原作：チカフジユキ
TUGIKURU COMICS

ガタ
ゴト
ガタ
着いたぞ
ギィィ…
リーシャ

リンドベルド公爵(27)
クロード・リンドベルド
…
ありがとうございます

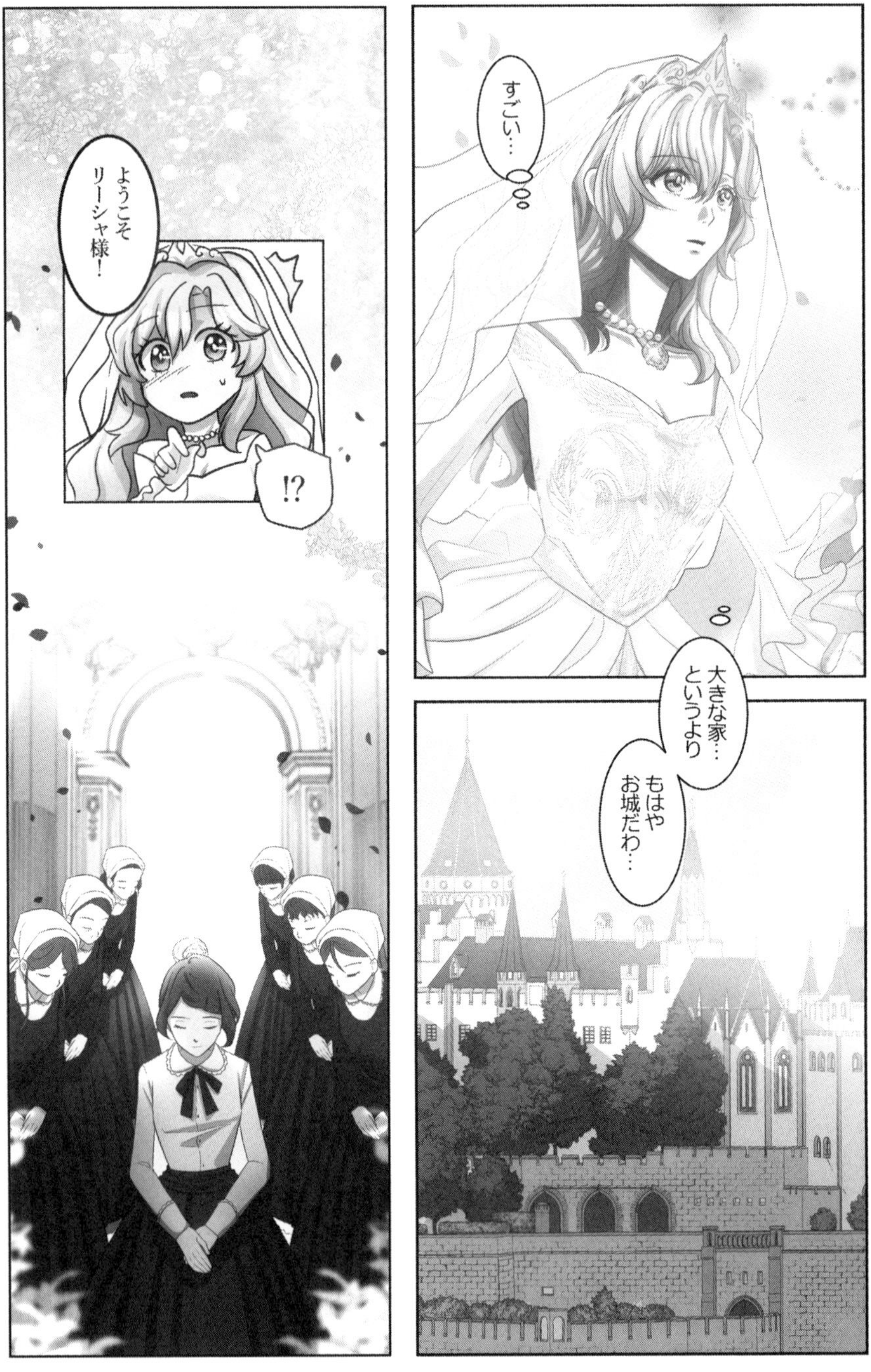
すごい…
大きな家…というより
もはやお城だわ…
ようこそリーシャ様！
!?

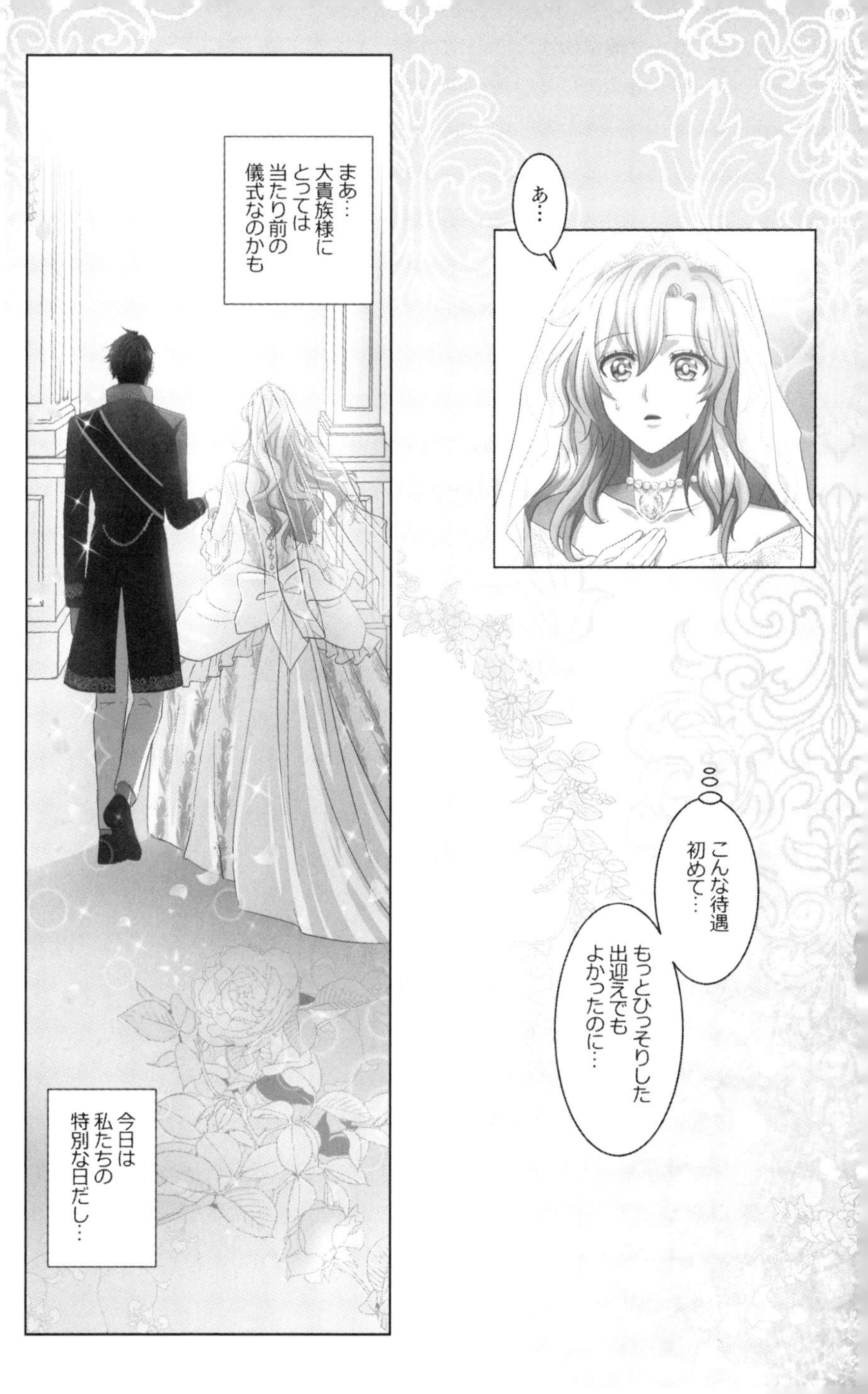
あ…
こんな待遇初めて…
もっとひっそりした出迎えでもよかったのに…
まあ…大貴族様にとっては当たり前の儀式なのかも
今日は私たちの特別な日だし…

そう
今日は
特別な日
結婚式だった
結婚したのは
国でも有数の権力者
しかし
今回の結婚は
超スピード婚
列席者も少数
披露宴もなし
そんな地味な式だった

行こう
…はい
公爵様は
思っていた通り
背がかなり高い
女性の中では
背の高い私が
ヒールを履いても
ちょうどいい
バランスの
高身長
女性陣なら誰もが
狙うような美丈夫で
しかもお金持ち
真っ赤な
深紅の髪と
同じ色の瞳は

由緒正しき
公爵家門の色
一見すると情熱的
に見えるが
彼はそれに反して
かなり冷淡だ
でもそこが
またいい!!

誰がその妻の座を
射止めるのか
…というのは
ここ近年で最も
注視されていた
事柄だった
年齢も27と
男盛りで働き盛り
実際かなりの仕事中毒
しかし
だからと言って
不健康と
いう訳でもなく

服の上からでも
分かるほど
鍛え抜かれた
美しい身体を
しているようだ
私はもちろん
痴女じゃないけど
想像すると鼻血もの
かもしれない…
聞いた話によると
なんでも
職業軍人よりも
強いとか
公爵様を見て
キャーキャー言っていた
ご令嬢の気持ちも
少しはわかる
きゃあああ

「結婚？なにそれ超めんどい」という態度を隠しもしなかった男がどうして結婚を決めたのか？
さすがに親族叔母様連中の結婚しろしろがうざかったのか
適当な相手を見繕ってついに年貢を納めにかかった
選ばれた相手は見た人全員が「おいそいつでいいのか!?」と
突っ込みたくなるような女性だった
つまり自分でも驚くけどわたしの事だ
常に隈を何重にも携えて
髪も肌もボロボロで
ドレスだけはまあそれなりだけど

身なりがそれに見合っていない社交界では嘲笑される女

私が選ばれた理由は単純

わたしが皇室よりも長い歴史を持つ家門の直系だったから
家が借金まみれだとか変態貴族に嫁がされるとか
そういう事ではないけれど家族からさっさと離れたくて結婚の話を受けた

家族とは全く良好な関係ではなかったから…！
家族内のヒエラルキーでは私は最低といって間違いはない
このまま家にいても使い潰されて死ぬほどと本気で思っている
我が家の血筋を遡れば皇族にも連なるし
古くは皇室が始まる前から今の領地を守ってきた恐ろしく古い家柄だ
正直言えばここまで古い家柄はわたしの家を含めてもそうはない
つまり古臭い血筋が取り柄だけどそれだけだ
ぶっちゃけ金だってこの公爵家に見合うだけの持参金は出せていない

と言うか…
これだけ魅力的な
金持ち公爵様に
釣り合う女なんて
皇室の皇女様
しかいない
そして
実はこの皇女様も
今年19になる超結婚適齢期
噂ではこちらの公爵様を
虎視眈々と狙っていたとか
皇女様の身分だと
政略結婚も当たり前と
考える輩は多くいるけど

我が国はこの大陸の列強諸国の中でも抜きんでて強く政略結婚の必要がない
国力も軍事力もトップクラス
つまり皇女様は自由に選べるお立場だった
公爵様へも独身ということで皇女様との結婚の打診もあったはず

なにせ
国でも
有数の権力者であり
お金持ち
公爵様は自由自在に
お金を扱えると
いう面で見ても
皇室と違い
はっきり言えば
皇室以上の金を
簡単に動かせる
予算の報告義務も
それほど必要がない

さらに言えばその辺の国とも比べてこの公爵家の方が一国並みに影響力を持つと思えばどこの国にだって嫁ぎたくないのはよく分かる
もう公爵様一択なのも
それを華麗にかわしつつ今まで過ごしていた彼だけどおそらくこの皇女様と結婚したくなかったんだろうというのは簡単に想像がつく
普通の貴族令嬢ならば公爵様自身の方が身分も立場も上だから黙殺できるようなことでも

皇女殿下となると
そうはいかない
皇室では
4人のお子様がいらっしゃる中で
末っ子長女の皇女様だ
周りから大層
可愛がられて
大事に育てられたのは
言うまでもない
そんな箱入りが嫁いで
来るくらいなら
さっさと身を固めた方が
ましと言う事だ
皇女様が
公爵様を思っている
ことを忘れて
結婚してしまった…
皇女様に目を付けられる
可能性と…
あのまま実家にいて
命があったかどうか…
どっちもどっちだけど
たぶん公爵様が皇室からは
というか皇女様からは
守ってくれると信じている

なにせ
もしわたしとの
結婚が破綻した場合
困る事になるのは
彼も同じだから
?
まあ・・・
ある意味
運命共同体だ
とでも思っておこう
なんだ?
いえ…別に
ふむ
今日は
疲れただろうから
部屋に案内しよう
リーシャ
使用人の紹介は
明日にする
お休みの時間だ!!
お忙しい公爵様に
案内して
いただけるなんて
とても光栄です
旦那様

今日は一応初夜と言うものだけど
お互いそんな気はさらさらない
そもそも
公爵様はわたしに女としての
魅力を感じていないし
自分でいうのもなんだけど
わたしの身体で興奮はしなそうだ
ここが
お前の部屋だ
何か問題があれば
使用人に言ってくれ
そうします
それはつまり
自分はこの家に
ほとんどいないと
いう意味かしら?
それは
今さらなので
どうでもいい

ただし
この城に入った瞬間から
感じる敵意は
無視することが出来ない
気のせいならいいのだけど
気のせいでないなら
ぜひ対応して
いただきたい限りだ
まあ　とりあえず――…
旦那様
契約は
しっかり履行して
いただきますよ

安心しろ
お前が
この家にいる限り
三食昼寝付き
最低限の生活を
保証する
詳しい事は明日
朝に食堂で
わかりました
では……
これから
よろしくお願いします

転生少女は救世を望まれる
平穏を目指した私は世界の重要人物だったようです
蒼井美紗
イラスト：蓮深ふみ
目指すは
ほのぼの平穏
異世界暮らし！
……のはずが、私が世界の重要人物！？

侯爵令嬢キーラ・ヴィ・シャンディスは、婚約者のレグルス王から婚約破棄を告げられたうえ、無実の罪で地下牢に投獄されてしまう。失意のキーラだったが、そこにリュジーと名乗る悪魔が現れ「お前の人生をやり直すチャンスを与えてやろう」と誘惑する。迷ったキーラだったが、あることを条件にリュジーと契約して人生をやり直すことに。２度目の人生では、かつて愛されなかった婚約者に愛されるなど、一見順調な人生に見えたが、やり直した人生にどうしても納得できなかったキーラは、最初の人生に戻すようにとリュジーに頼むのだが……。

定価1,320円（本体1,200円＋税10%） 978-4-8156-2360-9

ツギクルブックス

愛読者アンケートに回答してカバーイラストをダウンロード！

愛読者アンケートや本書に関するご意見、チカフジ ユキ先生、眠介先生へのファンレターは、下記のURLまたは右のQRコードよりアクセスしてください。
アンケートにご回答いただくとカバーイラストの画像データがダウンロードできますので、壁紙などでご使用ください。
https://books.tugikuru.jp/q/202311/sanshoku4.html

本書は、「小説家になろう」（https://syosetu.com/）に掲載された作品を加筆・改稿のうえ書籍化したものです。

三食昼寝付《さんしょくひるねつ》き生活《せいかつ》を約束《やくそく》してください、公爵様《こうしゃくさま》4

2023年11月25日　初版第1刷発行

著者　チカフジ ユキ

発行人　宇草 亮
発行所　ツギクル株式会社
〒106-0032　東京都港区六本木2-4-5
TEL 03-5549-1184
発売元　SBクリエイティブ株式会社
〒106-0032　東京都港区六本木2-4-5
TEL 03-5549-1201

イラスト　眠介
装丁　株式会社エストール

印刷・製本　中央精版印刷株式会社

ISBN978-4-8156-2402-6
Printed in Japan